I0694245

No reclames al amor

CARLA CRESPO

Para Carlos,
Porque a tu lado puedo soñar con los ojos abiertos.

ÍNDICE

PRÓLOGO

Hoy ha sonado el despertador a las cuatro de la mañana. Sigo la rutina de todos los días. Gruño, me doy la vuelta, lo paro y lo atraso hasta las cuatro y diez. Finalmente lo apago y decido levantarme. Me ducho con ese gel de baño con aroma a vainilla que adoro. Creo que me están entrando ganas de desayunar de lo bien que huele. Me seco y me peino con una perfecta cola de caballo y un ligero toque de laca. Después, me pongo el uniforme —¡gracias a Dios no he de pensar en qué modelito ponerme!— y, por último, me maquillo. A estas horas es extremadamente necesario, así que extiendo mis productos sobre el lavabo y me dispongo a aplicarme una buena base de Clinique y polvos traslúcidos, un toque de colorete de Nars, rímel de Helena Rubinstein, sombra de ojos suave y un poco de brillo en los labios.

Soy azafata. Pero yo no vuelo, no. Mi trabajo está en el aeropuerto; entre retrasos, cancelaciones, pérdidas de maletas, excesos de equipaje y *overbooking*. Llevo uniforme, sí, pero mi trabajo no es nada sofisticado. Pañuelo rojo o pañuelo azul. Unas vivimos rodeadas de pasajeros enfadados mientras las otras vuelan de aquí para allá, toman café con atractivos pilotos y coquetean con hombres de negocios. Los mismos hombres de negocios que a nosotras nos miran con cara de malas pulgas si les decimos que no quedan asientos en salida de emergencia o que el vuelo se retrasará unos minutos.

Aun así, adoro mi trabajo. Por eso, cojo el bolso, salgo de casa y me dirijo al coche. Un pequeño Fiat 500 descapotable de color blanco, el único capricho que me he concedido en los últimos años y que está aparcado en el garaje. Entro y enciendo la radio. Subo el volumen y canto con Duffy.

Esperemos que hoy sea un buen día.

CAPÍTULO 1

Overbooking

—Buenas tardes caballero, ¿adónde vuela? —pregunto amablemente sin levantar la vista del ordenador mientras cojo el DNI que el pasajero ha dejado sobre el mostrador.

Solo son las siete de la mañana y siento que ya llevo una eternidad en el aeropuerto. Desgraciadamente, la realidad es otra. Me quedan seis interminables horas antes de poder volver a casa y tumbarme a descansar en el sofá. Odio madrugar. Odio las colas. Y odio... Dejo de quejarme en silencio para fijarme en el atractivo pasajero que tengo frente a mí. Tiene el cabello de color castaño, tirando a rojizo, aunque sin llegar a ser pelirrojo y ligeramente ondulado. Debe de ser el típico pasajero que vuela por negocios. Es más que obvio, porque va trajeado y lleva el pelo engominado. Aunque alguna empresa debe de irle mal, porque su expresión es bastante seria. ¡Puede que hasta vaya a despedir a alguien!

—A Madrid, en el vuelo de las ocho —dice secamente. Se gira impaciente hacia la pantalla de información de salidas—. Espero que no esté retrasado, tengo un compromiso al que no puedo faltar —añade.

Compruebo que el vuelo va puntual y así se lo comunico.

—El vuelo está en hora, caballero. Salvo que hubiera algún imprevisto no debería retrasarse.

—Ya —repiquetea con los dedos sobre el mostrador. Veo que está impaciente, mejor me doy prisa por despacharlo.

—¿Va a facturar equipaje? —Los mostradores son tan altos que no veo si lleva algo.

—¿Es que ve alguna maleta a mi alrededor, señorita? —contesta impertinente.

—Disculpe. Enseguida le doy su tarjeta de embarque. —El tío es un impresentable. Guapo pero maleducado. Ahora sí estoy convencida de que va a Madrid para despedir a alguien. Me compadezco de sus empleados. Desgraciadamente, tengo que ser educada y aguantar. Lo mejor será sonreír y callar.

Es en ese instante cuando la máquina me emite la tarjeta de embarque y lo veo. Dos letras bien grandes: SB.

¡Toma ya! Está en lista de espera: *standby* en inglés. El vuelo va lleno y este tipo es *overbooking*. De todas las personas a las que he facturado justo tenía que tocarle al más agradable.

Tomo aire y me preparo para soltarle el discurso acerca de la sobreventa de billetes.

—Caballero, no sé si sabe lo que es el *overbooking*. Se trata de la venta legal de hasta el diez por ciento de las plazas... —me interrumpo al ver cómo se gira y fija su inquisidora mirada en mí. Vuelvo a inspirar y continúo—: Está usted en lista de espera... Debemos esperar al embarque y, si finalmente no tiene plaza en este vuelo, le asignaremos el siguiente y se le dará una compensación económica.

Está completamente callado. Y no acierto a descifrar su expresión para saber si se lo va a tomar bien o mal. Pero ¿qué digo? ¡Pues claro que se lo va a tomar mal! Lo que pasa es que no tiene cara de cabreo, más bien parece angustiado.

—¿A qué hora sale el siguiente? —pregunta todo lo educadamente que puede. Se nota que se está conteniendo.

Lo compruebo en el ordenador. A las tres de la tarde. Dios. Ahora sí la va a montar. Ánimo Tesa, valor y al toro.

—No hay ningún otro vuelo hasta las tres de la...

—¿Qué? —vocifera. Ni siquiera me deja terminar la frase—. ¿Cómo que el próximo vuelo es a las tres de la tarde? Tengo que estar en Madrid a las diez. Es urgente. Tengo una cita a la que no puedo faltar. Llevo un billete en clase *business* y ya tenía asiento asignado. Si estaba facturado... ¿cómo es posible que esté en *overbooking*?

¡Ja! No es cierto, no lo estaba. Si hubiera venido antes o se hubiera facturado por Internet ahora tendría su plaza...

—¿Me puede decir cómo puede ser tan inepta de darme una plaza en lista de espera cuando yo ya tenía número de asiento? —dice con sorna.

Esto es el colmo. Puedo soportar que se enfaden por no subir al vuelo, pero no consiento que me digan que no sé hacer mi trabajo. Eso sí que no. Noto que estoy empezando a calentarme y tengo miedo de estallar y responderle. No puedo hacerlo aunque sea un maleducado, es un cliente. Y ya sabemos quién tiene siempre la razón...

—Caballero, mi compañera le confirmará en la puerta de embarque si tiene plaza o no. Si finalmente no sube al avión, pase por la ventanilla de venta de billetes para que le cambien el vuelo y le paguen la indemnización. Muchas gracias —le digo con firmeza mientras le doy la tarjeta de embarque—. ¡Siguiente, por favor!

—¿Pretende dejarme con la palabra en la boca? ¿Esa es su manera de trabajar? No dude que pienso poner una reclamación tanto por la sobreventa como por su comportamiento. ¿Sabe que he pagado cuatrocientos euros por ese billete? —me grita acalorado—. No tiene ni idea de lo importante que es que llegue a tiempo a Madrid, no tiene ni idea...

Lo escucho pero no quiero ni mirarlo. Levanto la vista y sonrío a los dos pasajeros que tengo frente a mí.

—Buenos días, ¿adónde vuelan?

Aunque se me hace un poco larga, la mañana finalmente va pasando y antes de que me dé cuenta ya es hora de irse a casa. Tengo sueño y me siento bastante cansada, por no hablar de mi estado de ánimo. He tenido una mañana de perros y una queja tras otra. Caso aparte el del impresentable del *overbooking*. La verdad es que me importa bien poco cómo haya terminado. Generalmente me sabe mal que a la gente le pasen estas cosas, no estoy a favor de que las compañías aéreas puedan vender un diez por ciento más de billetes y se deje a gente en tierra, pero cuando lo pagan conmigo, como si fuera yo la que me quedo el dinero de su billete, y me chillan a mí, lo siento, pero se me acaba la pena.

Pena debería darles yo, que no llego ni a mileurista, que me levanto a las tres y media de la mañana para ir a trabajar y que libro uno de cada tres fines de semana. Y de los días festivos mejor no hablamos. En los últimos años, creo que he pasado más Navidades en el aeropuerto que con mi familia. En fin, por lo que a hoy respecta, al menos el turno ha terminado.

Abro la taquilla y cojo el bolso. Saco un pequeño espejito de maquillaje y me miro. Dios, ¿he estado atendiendo a la gente con estas pintas? Tengo el maquillaje lleno de brillos y los ojos rojos, por no hablar de la diferencia entre el tono de color de mi cara y el del cuello. ¡Y al colorete ni mentarlo! ¡Si parezco un payaso! Eso es lo que pasa cuando te maquillas a las tres y media de la mañana antes de haberte puesto las lentillas. Supongo que lo lógico es ponerse las lentillas primero, pero esta mañana tenía los ojos tan hinchados por el sueño que he pensado que cinco minutitos más les irían bien. Error. Los ojos siguen igual de hinchados y rojos y ahora, encima, parezco una muñeca pepona que viene de darse rayos uva solamente en la cara. Puff, será mejor que me vaya ya a casa, no me apetece que nadie más me vea con estas pintas.

Estoy a punto de largarme cuando por la puerta entra María, una de mis compañeras de trabajo y, también, de mis mejores amigas. Nos conocimos cuando yo empecé como agente de pasaje en la compañía. Ella ya llevaba un par de años trabajando aquí y fue un gran apoyo para mí los primeros meses. No se molestaba si le preguntaba cosas obvias; obvias para ella, porque a mí, en aquel momento, me sonaban a chino. Además, siempre me ayudaba cuando tenía algún conflicto con un pasajero. Y es que, he de reconocer que, si bien ahora sé exactamente qué tengo que hacer en cada momento, los primeros meses que pasé en el aeropuerto fueron un auténtico caos y hubo días en los que me fui a casa llorando a moco tendido. Pero ella siempre estuvo ahí. María tiene más paciencia con las nuevas que el santo Job. Estoy convencida de que pronto la ascenderán a supervisora.

La verdad es que con los horarios intempestivos que tenemos en este trabajo —¡hay días que entro a trabajar a las tres de la mañana o salgo de trabajar a las dos!— y currando los fines de semana, la vida social se desestabiliza un poco, por no decir que, literalmente, desaparece. Se esfuma.

La mayoría de la gente con la que habías tratado hasta entonces, como los amigos del colegio o de la universidad, sale los fines de semana, pero cuando tú empiezas a trabajar sábados y domingos y a librar martes y miércoles, ¿con quién quedas para tomar algo? ¡Pues está claro! Con los compañeros del trabajo.

Al principio María y yo hablábamos de temas relacionados con el aeropuerto: si había habido un retraso, si algún pasajero se había enfadado o si una supervisora nos había echado la bronca... cosas así. Pero poco a poco fuimos charlando de otras cosas: qué película ir a ver, qué maquillaje comprar o, al cabo de unos pocos meses, qué chico nos gustaba. En el caso de María, uno nuevo cada semana y en el mío, siempre el mismo. Nos hicimos inseparables. Hasta cambiábamos los turnos con otras compañeras para coincidir.

—Espérame y nos vamos juntas hacia el parking —me dice sonriendo.

La observo con detenimiento y me percato de que no está tan alegre como parece. Tiene los ojos rojos, como si hubiera llorado, y se nota que la sonrisa es forzada.

—María, ¿te pasa algo? —pregunto inquieta. Es una persona muy alegre, de esas que nunca se preocupan por nada ni se toman las cosas en serio. Creo que no la he visto llorar en la vida, así que algo le pasa.

—No, no... estoy bien —dice intentando aparentar tranquilidad.

Como no quiero insistir, recogemos nuestras cosas en silencio y salimos del aeropuerto. Una vez que estamos en la calle lo intento otra vez, porque no me quedo tranquila.

—En serio, ¿estás segura de que no te pasa nada?

—Bueno —dice poniendo una expresión que no creo haber visto nunca en su cara—, es por Pablo...

—¿Qué pasa con él? —Pablo es el nuevo novio de María, apenas llevan juntos un par de meses.

—Nada, que se ha ido esta mañana a Madrid y...

—¿A Madrid? —inquiero asombrada—. ¡Vaya! ¿En uno de nuestros vuelos? ¡Pues eso habrá sido un milagro! Si hoy iban todos llenos. ¡Y con *overbooking!* Que me lo digan a mí... no sabes la que me ha montado un pasajero.

—Pues sí, en un vuelo nuestro —afirma tajante—. Pero esa no es la cuestión, Tesa. ¿Qué importa ahora el *overbooking?* La cuestión es que se va a quedar unos días allí por temas de trabajo. Tenía que ir a preparar algunas cosas de la exposición que inaugura. Y, no sé por qué, de repente, al despedirlo, me he puesto un poco sentimental y me ha dado por llorar... Quizá haya sido porque no ha querido que fuera con él. Quiere sorprenderme cuando la inaugure.

La miro realmente sorprendida.

—¡No puedo creerlo! ¿Tú llorando porque vas a echar de menos a un tío? Pues sí que te ha dado fuerte esta vez...

Ninguna de las relaciones amorosas de María, al menos que yo recuerde, le ha durado más de tres meses y nunca la he visto deprimida por ello. Va saltando de chico en chico y suele ser ella quien se cansa de ellos. Es muy independiente y nunca ha sido lo que yo llamo una «novia lapa», de esas que quieren estar todo el día pegadas a su pareja... por eso me extraña este repentino ataque. Pero es verdad que parece que va en serio y puede que Pablo sea para ella algo más que un simple ligue.

—Bueno, siempre hay una primera vez, ¿no? —responde recomponiéndose—. En fin, ¿para qué voy a amargarme? Para una vez que salgo con un tío como Dios manda no me voy a deprimir porque tenga que irse a trabajar unos pocos días a otra ciudad, ¿verdad?

—Tienes razón. No tienes derecho a quejarte, al menos tú sales con alguien. Yo no soy capaz ni de ligar una noche —suspiro.

—Claro, pero por una razón bastante simple: ¡no sales por las noches! —exclama María alzando los brazos al aire.

—Ni por las tardes, ni por las mañanas... ¿Y quién puede salir con los horarios de mierda que tenemos? —Al hacer esta pregunta sonrío porque ya sé la respuesta: María. Ella es capaz de salir toda la noche aunque tenga turno de mañana al día siguiente—. Vale, tú eres capaz de hacerlo. Pero sabes que yo necesito dormir ocho horas para sentirme una persona normal. No quiero ni imaginar cuántas capas de maquillaje necesitaría si durmiera tan poco como tú.

—Pues creo que hoy ya te has puesto unas cuantas —bromea—. En serio, estarías estupenda. ¿No ves cómo tengo el cutis? No hace falta que te explique mi secreto, ¿verdad? —Sonríe pícara—. De todas formas, qué más da, aunque salieras por ahí no querrías hablar con nadie. A ti solo te interesa el piloto ese, el morenazo.

No sé qué responderle. Es cierto que no salgo mucho porque los cambios horarios y los madrugones me matan, pero no puedo negar que hace ya mucho tiempo que me gusta y que, por muchos chicos que conozca, ninguno llega a interesarme de verdad. Sí, lo asumo, estoy totalmente colgada por él.

Lo conocí al poco de empezar a trabajar en la compañía. Era el primer día que tenía turno de noche y estaba fuera, en la pista. No sé cómo, pero terminé coordinando las salidas de dos vuelos a la vez. Uno de los dos lo tenía controlado. Estaba en un parking cercano a nuestras oficinas y tenía todos los servicios a pie de avión: catering, cuba para repostar, rampa cargando maletas. No tenía de qué preocuparme, iba todo rodado. Pero el otro no me resultó tan fácil. Como decía, era mi primera noche en el aeropuerto y todavía no conocía bien la pista, así que no sabía dónde estaba cada parking. Empecé a dar vueltas con el coche por la plataforma, pero no había manera. ¡No encontraba el avión! Sé que parece increíble que una persona no pueda ver algo tan grande pero aquella noche, por más vueltas que daba, ¡no lo encontraba!

Si la escala del vuelo era de veinticinco minutos ¡yo ya me había comido la mitad del tiempo conduciendo por la pista! Estaba tan nerviosa que no sabía qué hacer. En ese momento escuché la voz de mi supervisora por el walkie. Aún recuerdo sus gritos cuando le dije que no encontraba el avión. Me puse roja como un tomate de pensar que todos los compañeros que estaban en la misma emisora la estaban escuchando. La vergüenza me hizo ponerme las pilas y, a los pocos segundos, vi unas plazas de parking hacia el fondo de la pista a las que yo ni me había acercado y en las que había un pequeño reactor con el logo de la compañía. Tenía el motor y las luces encendidas. Ese era el que yo estaba buscando.

Me apresuré hasta el avión y subí por la escalerilla tan rápido que embestí al comandante. ¡Eso ya era lo último que me podía pasar! Solamente me faltaba comerme una bronca de otro prepotente. Pero no. Al levantar la mirada me encontré una sonrisa amable y al tío más guapo que había conocido en mi vida: alto, moreno, con unos labios carnosos y unos preciosos ojos verdes. Me quedé paralizada. Incapaz de pronunciar siquiera una disculpa.

Me dijo que no me agobiase, que el avión no se retrasaría. Y no sé cómo lo hizo, pero se las arregló para que el vuelo saliera en hora. Con una facilidad pasmosa, me fue dando instrucciones. Porque con los nervios que yo llevaba tenía la mente en blanco y era incapaz de pensar qué servicios pedir. Pero él fue repasándolo todo con calma y yo fui solicitando todo lo necesario conforme me lo indicaba. Llamé al catering para que vinieran a cargar las comidas y a la cuba para poner gasolina. Él me autorizó a que embarcáramos con aviso a bomberos para que el pasaje fuera subiendo mientras se llenaba el depósito para ganar tiempo. Si repostas mientras sube la gente tienes que avisar a los bomberos del aeropuerto, por seguridad.

Cuando me quise dar cuenta, el pasaje estaba a bordo, el depósito lleno, el catering servido y las maletas cargadas. Se despidió de mí con una sonrisa seductora. Y yo, sonrojada y avergonzada, bajé las escaleras del avión a toda prisa. Al llegar a la oficina y, ordenando los papeles que me había llevado de la cabina, encontré algo escrito que también me hizo sonreír a mí: *Roberto 687 542 987.*

Como me niego a admitir que no hago más que pensar en él, todavía estoy pensando qué responderle a María cuando veo que ya hemos llegado al aparcamiento. Salvada por la campana.

—Bueno, ¿nos vemos mañana? —le pregunto mientras abro mi coche.

—No, tengo turno de tarde. Creo que no volvemos a coincidir hasta después de mis días libres. Que te sea leve el madrugón —dice mientras entra en el suyo y se despide de mí con la mano.

—Gracias. —Me siento en el coche y suspiro. Ha sido una mañana larga y pesada. Ahora solo quiero ir a casa, comer y echarme una siesta bien larga. Arranco el motor. Espero aguantar despierta hasta llegar.

CAPÍTULO 2

El revés

Han pasado quince días desde mi altercado con el pasajero del *overbooking* y desde entonces mis mañanas —sí, excepto los cuatro días libres que he tenido, todos los demás me ha tocado madrugar— han sido bastante tranquilas. Ha habido algún retraso que otro, pero, en general, no he tenido grandes enfrentamientos con los pasajeros. Es más, casi diría que he tenido suerte.

El otro día, por ejemplo, facturé a un tipo bastante pijo que llevaba una botella de champán Mumm y, evidentemente, no pudo pasarla por el filtro de seguridad. ¡La gente todavía no tiene en cuenta que no se pueden llevar líquidos de más de cien mililitros! En fin, la cuestión es que fue de lo más agradable y, ya que él no podía llevársela, ¡me la regaló!

Tengo que reconocer que soy bastante clásica y, en el fondo, pienso que no hay nada como un buen Moët, pero no soy de las que hacen ascos a los regalos.

La tengo en casa, esperando que haya algún evento importante para abrirla. Aunque, para ser del todo sinceros, últimamente en mi vida hay pocos acontecimientos.

Podríamos decir que mi vida es rutinaria. Sí, esa sería la palabra. De hecho, desde que terminé la universidad lo más impactante que he hecho ha sido independizarme e irme a vivir sola. Eso sí, a un piso que es de mis padres y en el que me dejan vivir mientras pague todos los gastos porque, con lo que gano, no me llegaría para sobrevivir y pagar un alquiler... ¡Ah! Y empezar a trabajar en el aeropuerto. Por lo demás mi vida se resume en: NADA.

Madrugo, voy a trabajar, vuelvo a casa, duermo, madrugo, voy a trabajar, vuelvo a casa, duermo, madrugo... ¿Es necesario que siga? ¡Si hasta mis fines de semana siguen el mismo patrón!

Mi vida social está al nivel de mi vida amorosa: o sea, bajo mínimos. La mayoría de mis amigas de la universidad ya se han casado y algunas de ellas ¡hasta tienen hijos! Las pocas que siguen solteras suelen querer salir los fines de semana o irse de vacaciones en verano. Dos cosas que, trabajando en una línea aérea, resultan bastante difíciles. Yo libro entre semana y suelo cogerme las vacaciones en temporada baja. ¡Tengo suerte si puedo cogerlas en junio o septiembre! Por eso la mayoría de ellas ya no me incluye en sus planes.

Es una pérdida de tiempo llamar a alguien constantemente para salir y que siempre te diga que no, así que ahora ni siquiera me llaman.

Lo curioso es que yo me siento bastante feliz en esta monotonía. Me gusta mi trabajo y me llevo bien con mis compañeras. Somos como una pequeña familia y solemos quedar para salir a cenar, de copas o simplemente a tomar un café. Y es que si quieres salir a cenar un miércoles o irte de vacaciones en febrero, lo mejor es hacerlo con alguien que tiene los mismos —y asquerosos— horarios que tú. Por eso no me quejo.

Estoy ensimismada, cuando suena el teléfono.

—¿Facturación? —respondo.

—¿Tesa? ¿Puedes venir un momento a mi despacho? —Es Lourdes, mi jefa, y su tono de voz es bastante serio. Me pregunto qué puedo haber hecho mal, si hoy ha ido todo como la seda...

—Claro, voy enseguida.

Me levanto, quito mi código del ordenador y le hago un gesto a la compañera del mostrador de al lado para que sepa que me ausento un momento.

De camino al despacho le doy vueltas a lo que podrá querer comentarme Lourdes. Supongo que no debería darme buena espina eso de que te llamen al despacho de tu superior, pero en los cinco años que llevo trabajando en la compañía nunca he cometido un error grave.

Es más, creo que la opinión generalizada entre mis supervisoras y mi jefa es que trabajo rápido y bien, que tengo capacidad para solventar los problemas, que ayudo a las compañeras siempre que puedo y que, habitualmente, soy paciente con los pasajeros. O sea, que para ser del todo sincera, no creo que vaya a reñirme.

No, tiene que ser otra cosa. Es posible que vaya a preguntarme si puede cambiarme algún turno o si le puedo hacer el favor de venir a trabajar en alguno de mis días libres porque alguna compañera se haya puesto enferma. No sería la primera vez.

O pensándolo mejor, una de mis supervisoras, Almudena, está embarazada y creo que tiene intención de pedirse un año de excedencia por maternidad...

¡A lo mejor quiere hacerme supervisora! Siempre había pensado que la próxima supervisora sería María. Lleva más tiempo que yo en la empresa, pero a veces es un poco locuela, así que si no la hacen a ella hasta podría ser yo...

Claro, ¡tiene que ser eso! Eso sí sería un cambio en mi vida. ¡Y para bien! Especialmente, en mi cuenta bancaria, que dejaría de estar en descubierto. Vaya, parece que al final sí voy a poder abrir esa botella de champán... ¿Cómo he podido pensar que en mi vida nunca pasa nada interesante?

Llamo a la puerta con decisión y paso al despacho. Sorprendida me doy cuenta de que Lourdes no está sola. El jefe de Relaciones Laborales también está en el despacho.

Mierda, eso no es buena señal.

Dos horas después estoy sentada en el coche frente al chalet de mis padres y las lágrimas me caen por las mejillas. Me he pasado media hora llamando al timbre y no hay nadie. ¿Por qué se me ocurriría venir sin llamar primero? Mis padres probablemente estén el gimnasio, paseando o tomando café. A saber a qué hora piensan aparecer.

Por si fuera poco, no son capaces de descolgarme el móvil. No me extraña, mi padre siente aversión por el teléfono y, cuando suena, piensa que le van a dar malas noticias. Hoy no se habría equivocado.

Así que aquí estoy, con el motor apagado y la radio encendida. El colmo sería que se me quedara el coche sin batería, pero si apago la música me voy a quedar sola con mis pensamientos, por lo que prefiero seguir escuchando los interminables anuncios de los 40 Principales. Aunque tenga que pasarme el día de guardia en la puerta, he decidido esperar hasta que vuelvan, tengo que hablar con ellos.

Aún no puedo creerme lo que me ha pasado. No, no y no. No puedo creerlo. Por mucho que lo intente, no consigo asimilarlo.

De repente, noto unos golpecitos en la ventanilla. Entonces me giro y los veo, me observan sorprendidos desde fuera. Por su indumentaria deduzco que vienen de pasear por el bosque de La Vallesa. Los dos llevan puestas sus botas de montaña y van cargados con unos palos de senderismo.

Mis padres son de esa clase de personas que tratan de disfrutar cada momento y que, cuando las cosas vienen mal, siempre saben ver el lado positivo y buscar una solución.

Por eso he venido a verlos. A ver si se les ocurre alguna...

Abro la puerta y salgo del coche.

—Mamá, papá, ¿qué tal?

Estoy haciendo esfuerzos por mantenerme tranquila y que no se me salten las lágrimas, pero tengo miedo de cogerme un berrinche antes de darles la noticia.

—Bien, hija, ¿y tú?

Mi madre sabe perfectamente que me pasa algo, pero me está dando tiempo para que se lo cuente. Es infalible para percatarse de mi estado de ánimo. Hasta por teléfono es capaz de saber si me pasa algo solo por mi tono de voz.

Mi padre abre la verja de casa y lo seguimos hasta

el interior. Cinco minutos después los tres estamos sentados en el salón tomando un Nespresso. Mi padre necesita su Ristreto y su Ducados para charlar tranquilo.

Doy un pequeño sorbo y miro con detenimiento la taza. No sé si tomarme un cortado ha sido buena idea, ahora voy a ponerme más nerviosa. Si es eso posible. Pero teniendo en cuenta que mis padres no saben vivir sin momento de «café y cigarro», al menos ellos recibirán mejor la bomba.

—¿Os acordáis del tipo aquel que os comenté que me dio *overbooking* en un vuelo a Madrid hará quince días? —pregunto para ponerlos en antecedentes—. Uno que se cabreó a lo bestia.

Mi padre asiente y da un sorbo a su café, intuyendo que la historia que sigue no va a ser buena.

Estoy a punto de contarles lo que ha pasado cuando noto que las lágrimas me vienen a los ojos y me doy cuenta de que voy a ser incapaz de pronunciar ni una sola palabra. Así que hago un esfuerzo, me levanto, voy a la cocina a buscar mi bolso y saco de él unos folios. Regreso al salón y se los doy a mi padre.

—Es la carta de despido —logro decir antes de ponerme a llorar.

Mi madre se levanta y se sienta a mi lado para consolarme al tiempo que mi padre la lee detenidamente.

Mientras tanto, lo único que yo hago es llorar desconsolada. Puede que termine nadando en mis propias lágrimas, como en esa escena de *Alicia en el país de las maravillas*. Puff, y encima mañana voy a tener los ojos hinchados como un sapo y no podré ponerme las lentillas...

Vaya, los daños colaterales del despido están empezando a jorobarme de verdad, odio ponerme las gafas. Tengo la nariz muy pequeña y se me caen.

Mi padre levanta la vista e interrumpe mis —estúpidos— pensamientos.

—Si no lo he entendido mal —dice con calma—, aquí dice que te despiden por haber desfacturado a un pasajero que viajaba en clase *business* y que ya tenía el asiento asignado. Dice que, al desfacturarlo, el pasajero dio *overbooking* y la empresa tuvo que indemnizarlo. ¿Es eso correcto?

Me apresuro a responder.

—A ver, eso es lo que dice la carta. Pero no es así, yo no lo desfacturé, lo único que hice fue facturarlo y dio *overbooking*, ¡no hice nada más! En serio. —Solo me faltaría que mis padres no me creyesen.

Mi madre me da un beso en la mejilla y me acaricia la espalda suavemente.

—No te pongas melodramática, hija, sabes que nosotros te creemos. —Lo dicho, es capaz de saber exactamente lo que pienso—. Pero no entendemos mucho de estas cosas y necesitamos que nos expliques cómo pueden llegar a pensar en la compañía que has sido tú quien lo desfacturó si no lo hiciste.

Cojo aire y me dispongo a dar una charla sobre cómo facturamos.

—A ver, cada una de nosotras tiene un *sign-in*. Esto es como un código que utilizamos para entrar en el sistema y con el que quedan grabadas toooooodas las transacciones que realizamos. Cuando nos levantamos del ordenador debemos quitarlo, ya que cada una tenemos el nuestro. Si pasa algo o alguien hace una transacción incorrecta, es la forma de saber quién lo ha hecho, quién ha cometido el error. —Mis padres asienten—. Al parecer, el pasajero fue desfacturado y vuelto facturar: ambas veces con mi código. Yo solo recuerdo haberlo facturado.

—¿Nos quieres decir entonces que alguien desfacturó al pasajero con tu código pero que no fuiste tú? —inquiere mi padre.

—¡Exacto! —respondo exaltada—. Recuerdo que esa mañana me levanté para ir al lavabo una o dos veces, debí de dejar mi código puesto y alguna compañera desfacturaría por error al impresentable ese...

—Tesa, él no tuvo la culpa, cuando te decía que estaba facturado te decía la verdad...

—¡Pero fue un maleducado! —interrumpo furiosa. Me detengo y me tranquilizo—. En cualquier caso, sí que fue un error por mi parte no percatarme de que había sido desfacturado previamente, eso me hubiera ahorrado muchos problemas y probablemente ahora no estaría a punto de engrosar las listas del paro. En tiempos de crisis cualquier motivo es bueno para quitarte un empleado de encima.

—¿Lo lógico no es que te hubieran puesto una sanción en vez de despedirte? —pregunta mi padre que, de estas cosas, sabe bastante—. No sé, un mes de empleo y sueldo o algo así.

—Yo qué sé. Sí. No sé. Supongo —digo recordando mi *agradable* charla con Lourdes y con Santiago Llorente, jefe de Relaciones Laborales—, pero como ahora la empresa no va bien, si pueden hacer un despido procedente, ¿por qué no van a hacerlo? Les ha venido de perlas. Una menos y encima sin costarles un duro.

—¿Y no es posible averiguar quién lo desfacturó para que te devuelvan tu puesto? —pregunta mi madre, tratando de dar con una solución.

Me quedo pensativa. No sé qué decir. Facturamos una veintena de vuelos cada mañana, cientos de pasajeros, y podemos llegar a realizar una transacción casi sin darnos cuenta.

Aunque mis compañeras se acuerden de mi incidente con el pasajero, no creo ni que recuerden cómo se llamaba. Yo solo lo recuerdo porque lo pone en el informe. Miguel Rodríguez.

Es imposible averiguarlo. Está claro que la que lo hizo ni siquiera se dio cuenta y, al utilizar mi código, es imposible saberlo. Si yo me hubiera dado cuenta ese día, quizá, pero ahora, es tarde.

—No, papá, desgraciadamente, no creo que sea posible —respondo con pesar.

Aun con todas las pegas que tenía mi trabajo (madrugar, trabajar fines de semana, cobrar poco, aguantar a los pasajeros pesados) me encantaba y no creo que vaya a ser tan fácil encontrar otro y menos ahora, con la que está cayendo.

CAPÍTULO 3

Yankilandia, ¡allá vamos!

Estoy en pijama, sentada frente al ordenador, con una taza de leche caliente con Cola Cao en una mano y el ratón en la otra. Junto al teclado tengo un plato lleno a rebosar de galletas María untadas con Nocilla. Dejo la taza para poder coger una y me relamo antes de dar un bocado. Ummmm. Creo que ya me siento mejor.

Han pasado unos días desde mi despido y creo que ya he llegado a la llamada fase de aceptación. Sí, evidentemente la primera fase fue la de la negación y el esto-no-me-puede-estar-pasando-a-mí que sentí cuando salí del despacho de Lourdes tras recibir la bomba. La segunda fue la de ira, ya que durante un par de días estuve culpando al impresentable del *over-booking*. De ahí pasé a la fase de negociación y, a la vista de que ese problema no tenía solución, llegué a la conclusión de que tenía que aceptar que estaba en el paro. Una vez asumido eso, llegó la etapa de depresión, pero no hay nada que una tarde de compras no pueda solucionar.

Ayer cogí el coche y me fui al Centro Comercial Arena, mi Visa aún arde, pero después de mi visita a Zara, Massimo Dutti y H&M, ente muchas otras, ya me he preparado el armario para el próximo otoño. Sí, estamos a finales de julio y, excepto lo ropa de las rebajas, toda la nueva temporada ya es de otoño. ¡El colmo! No puedo esperar a que llegue el frío para estrenarla. Porque la verdad es que antes, como siempre llevaba uniforme, no necesitaba mucha ropa pero ahora que he tenido que devolverlo necesitaba algo con lo que llenar mi armario.

Así que hoy, con la terapia de compras reciente, me siento bien. Estoy sentada en el ordenador buscando ofertas en Infojobs y mejorando mi cuenta en Linkedin, Jobandtalent y similares... bueno, también he estado ojeando el Facebook un rato, pero solamente porque los contactos son importantes para encontrar trabajo, ¿verdad? No puede considerarse que haya estado perdiendo el tiempo.

Estoy pensando en la cantidad de ropa que compré ayer y en cómo combinarla. Soy malísima para eso, encuentro blusas o zapatos que me gustan, pero luego nunca sé cómo combinarlos. No como María que, cuando quedamos fuera del trabajo, siempre va ideal, ¡y con cuatro pingos! De pronto, suena el teléfono. Es martes y son las once de la mañana, ¿quién llama a estas horas? La gente normal está trabajando... Ah, claro, será mi madre, probablemente quiere saber si estoy despierta. Es incapaz de entender que se duerma hasta tarde entre semana, y no me lo permite ni estando en el paro, siempre se le ocurre alguna tarea que darme.

Me levanto y busco el teléfono que, como suele ser habitual, nunca está en su sitio, sino escondido bajo un almohadón o una manta. Miro el número y suspiro antes de descolgar porque, efectivamente, es mi madre.

—Hola, mamá —la saludo.

—¿Estabas despierta? —pregunta suspicaz—. Ya son las once.

—Sí, mamá, estaba despierta —en pijama y desayunando, pero despierta—, estoy echando un vistazo a las páginas web de empleo y enviando curriculums a agencias de traducción, academias de inglés y a todo lo que se me ocurre —como mi madre permanece callada sigo hablando para que vea lo espabilada que estoy y crea que hace rato que me he levantado—. También he estado mirando becas para irme fuera, pero ya estoy fuera de plazo para todas. Los plazos terminaron en junio para las buenas —me lamento.

—¿Pero es que te gustaría irte una temporada fuera?

—Bueno, ya sabes que siempre he soñado con vivir en Estados Unidos —respondo soñadora—, pero no iba a dejar un trabajo fijo para irme a la aventura. Además, conseguir un visado de trabajo es muy complicado...

—Vete mirando en Internet cómo obtener el visado y todo lo que te hace falta —dice mi madre con un tono repentinamente alegre—. Se me acaba de ocurrir una idea.

—Mamá, me das un poco de miedo —digo intrigada—. ¿De qué hablas?

—No seas impaciente, no te lo puedo decir hasta que no sepa si es posible. No sea que vaya a gafarse.

—¿A gafarse? ¿El qué?

No tengo ni idea de qué se le habrá ocurrido a mi madre, pero me da miedo. Puede ser cualquier cosa porque ella siempre piensa a lo grande. Cuando era pequeña trató de mandarme durante un año interna a los Colegios Unidos del Mundo y, cuando era adolescente, quería mandarme como voluntaria a reconstruir castillos en Alemania. Eso sin contar el año que intentó hacerme participar en la Ruta Quetzal. Me hubiera encantado hacer alguna de esas cosas, pero o bien no fui seleccionada —mis notas eran buenas pero no tanto como para que me dieran esa clase de becas— o bien me acobardé —no me imaginaba durante un mes recorriendo el Amazonas con botas de montaña, untada de Afterbite y rodeada de animales y bichos todo el día—. Ni siquiera me he ido de Erasmus. Al terminar la carrera, muchas de mis compañeras se fueron a trabajar al extranjero con distintas becas, pero yo encontré trabajo rápidamente, me hicieron fija y pensé que no debía arriesgarme a perderlo. Siempre he preferido la seguridad y la rutina.

Mi madre interrumpe mis pensamientos.

—Déjame que haga unas llamadas esta noche y mañana te cuento. Te recogeré sobre las diez, vamos a desayunar al centro y así lo hablamos más tranquilamente. ¿Te parece bien?

Es imposible decirle que no a mi madre. Cuando algo se le mete entre ceja y ceja no hay quien se lo saque. Es como cuando se empeñó en que me apuntase a *step* —esto fue el mes pasado— porque su último —o permanente— propósito es que adelgace. Me llama todos los martes y jueves por la tarde para verificar si he ido o no. El día menos pensado me preguntará cómo ha sido la coreografía para comprobar que no miento.

—Vale. ¿Por qué no vamos a Belgravia? —Al menos nos obsequiaremos con un buen *brunch*—. Y mejor a las once, no me hagas madrugar ahora que no tengo que levantarme en medio de la noche —suplico.

—Está bien, pero no te retrases —añade puntillosa—, te estaré esperando con el coche en la puerta. Te quiero ver en el portal a las once en punto. Ah, y no te pases hoy con la comida si mañana quieres que tomemos el *brunch*.

Miro el plato de galletas y sonrío para mis adentros. Mi madre sabe que cuando estoy de bajón lo primero que hago es comer.

—De acuerdo, intentaré contenerme para mañana. ¡Comeré lechuga y pechuga! —respondo alegremente.

Estoy sentada en el asiento trasero del coche de mis padres rodeada de trastos. Hay dos maletones de Samsonite en el maletero y a mi lado llevo un *trolley* de mano de la misma marca y mi Andy de Carolina Herrera —regalo de mi padre por mi 25 cumpleaños— a punto de reventar. Esta vez mi madre se ha salido con la suya y ha conseguido sacarme de mi hábitat natural. Ya ha pasado un mes desde su llamada y ahora mismo estamos camino de Madrid: concretamente, Madrid-Barajas.

Abro el bolso y saco una funda azul celeste que contiene la documentación: mi pasaporte, el Documento de Autorización de Empleo en los Estados Unidos, más conocido como EAD, y la tarjeta de embarque. Suspiro. La verdad es que aunque por fin voy a vivir el *american way of life,* no puedo negar que estoy un poco asustada.

—Si el TomTom no se equivoca —anuncia mi padre—, en quince minutos estaremos en el aeropuerto.

Puff, noto que estoy empezando a temblar. Y se me están revolviendo las tripas. Durante este último mes he pasado de la tristeza y el agobio de haber perdido mi trabajo a la locura y el estrés de tener que preparar todo para mi partida. Solicitar el visado de trabajo —cosa que no ha sido sencilla en absoluto—, vaciar el piso para que mis padres puedan alquilarlo, preparar el equipaje... pero lo veía todo muy lejano. Y ahora, todo parece suceder demasiado deprisa. En quince minutos voy a facturar y en unas horas estaré volando hacia Boston. Trago saliva. Cuesta asimilarlo.

La verdad es que la brillante idea de mi madre ha tomado forma con bastante rapidez. Mis padres tienen unos amigos que viven en Boston desde hace unos cuantos años, así que mi madre se conectó al Skype y, básicamente, les pidió que me acogiesen durante unos meses y me buscasen un trabajo. Ahí es *na.* Tardaron dos segundos en responder que sí. Neri y Piot no tienen hijos y siempre les han tenido mucho aprecio a mis padres, así que no dudaron en acogerme como hija adoptiva.

Neri es española y conoce a mi familia de toda la

vida. Sus padres y mis abuelos se conocieron en el viaje de novios y desde entonces han mantenido la amistad. Estoy convencida de que Neri estará feliz de tenerme allí un tiempo porque Piot, su marido, es un excelente físico nuclear que trabaja para el departamento de Oncología de uno de los hospitales más importantes de Boston y pasa muchas horas fuera de casa. Neri, en cambio, es *freelance* y trabaja desde casa. Es asistente social y se dedica a ayudar a familias con problemas. Al ser española, muchas familias hispanas acuden a ella para no toparse con el impedimento del idioma.

Por otra parte, gracias a los contactos de Piot, ¡ya tengo empleo! Y, además, uno que va a entusiasmarme. Al poco de que accedieran a acogerme en su casa, Piot me pidió que le enviase mi currículum en inglés y se dispuso a encontrarme trabajo. No se puede ser más eficaz. Tardó una semana en hacerlo. En España hubieran pasado mis dos años de paro y, a pesar de tener una carrera, un master y varios idiomas seguiría buscando. No es que el puesto sea nada del otro mundo, pero yo sé que voy a disfrutar. Así que, ya ves, media España en paro y yo, ¡rumbo a Yankilandia!

Creo que lo que menos me va a gustar va a ser el frío, pero estoy emocionada. Además, podré estrenar toda la ropa de abrigo que compré en medio de mi depresión. Y por una vez, ¡voy a hacer realidad uno de mis sueños! Como decían en *Sonrisas y lágrimas*: «Cuando Dios cierra una puerta, en otro sitio abre una ventana». Qué gran verdad.

Voy a echar mucho de menos a mis padres y a mis compañeras del aeropuerto, especialmente a María, pero gracias a las nuevas tecnologías podremos permanecer en contacto. Me he comprometido a llamar una vez a la semana por Skype a casa —yo llamaría más veces pero con la diferencia horaria, lo mejor es dejarlo para el fin de semana— y a colgar fotos de mi nueva vida en Facebook para que las amigas estén informadas. Y de paso, que les dé un poquitín de envidia.

Anoche, María vino a casa a ayudarme a recoger los últimos trastos antes de que me fuera con las maletas a casa de mis padres. Estuvo haciendo fotos a mi ropa con la cámara del iPhone y creándome conjuntos para cuando no sepa qué ponerme en Boston. Ahora tengo un archivo de fotos con posibles combinaciones de toda la ropa que he traído. Si sigo sus indicaciones podría pasar un mes sin tener que perder el tiempo en pensar qué me voy a poner. ¡En la vida se me hubiera pasado por la cabeza hacer algo así! Con coger una foto cada mañana y ponerme ese atuendo será más que suficiente. De hecho, ¡eso mismo es lo que he hecho esta mañana!

Llevo lo que María catalogó como el *look* para volar cómoda pero estilosa: unos *baggy pants* azul marino, camiseta blanca básica, una rebeca naranja —el toque alegre del conjunto—, un foulard estampado y bailarinas. Aunque en el bolso llevo un par de calcetines bien gruesos porque soy de las que sufre congelación a bordo de los aviones por culpa del aire acondicionado. ¿Realmente es necesario viajar durante nueve horas a temperaturas de la Antártida? He trabajado en una aerolínea durante dos años y sigo sin entenderlo. La verdad es que estoy bastante satisfecha con el resultado del modelo. ¡No sé cómo no le pedí antes que me ayudase a conjuntar la ropa! Si lo llego a saber...

Una vez que hubimos terminado de preparar mi equipaje nos sentamos sobre la cama y el silencio se apoderó de la habitación.

—¿Estás segura de que quieres irte a Estados Unidos? —dijo María apenada—. Vas a estar tan sola... No conoces a nadie allí.

—Hija, menudos ánimos me das —respondí bufándole—. No te preocupes, ¿no ves que voy a vivir con los amigos de mis padres? Seguro que ellos me presentan gente. Y me han buscado un trabajo. Podré socializar con los compañeros, ¿no?

—Sí, ya lo sé —lloriqueó—, pero es que me da mucha pena que te vayas. El aeropuerto no es el mismo sin ti, pero pensar que encima vas a estar al otro lado del charco...

—¿Y tú eras la moderna? —le dije risueña—. ¿Para

que está Internet? Y además, si todo me va bien y consigo tener mi propio apartamento podrás venir a visitarme dentro de unos meses. No me voy a las Antípodas.

Sonrió sutilmente.

—Eso estaría bien.

—Pues claro que sí, te volverás loca con las tiendas y los *outlet*. Y, venga, alégrate un poco por mí que, después de lo que me ha pasado, esto es una buena noticia. Además, tienes a Pablo, ¿qué más quieres?

—Eso querría yo, pero últimamente pasa muchísimo tiempo en Madrid. Ya sabes que está preparando una exposición y no me deja acompañarlo hasta que la inaugure. Para que sea sorpresa. ¿Tú te crees? ¡Y encima faltan aún tres meses! Casi pasa más tiempo en la capital que conmigo.

—O sea, ¿que lo que vas a echar de menos es que te haga de paño de lágrimas? —dije pícara—. Pues vaya morro que tienes. Espero que me mantengas al día por e-mail.

—Se te resecarán los ojos de tanto leer —replicó.

No sé por qué, pero tengo la intuición de que, por mucho que María me hace creer que está bien con Pablo, las cosas no son lo que parecen. Presiento que este chico le va a dar más disgustos que alegrías. De hecho, con el tema de los viajecitos a Madrid no la tiene nada contenta.

Miré el reloj, era casi la hora de cenar. Cogí la maleta y la bajé al suelo.

—Bueno, hemos de irnos, mi padre vendrá a recogerme en cinco minutos para llevarme a casa, ya sabes que mañana salimos para Madrid temprano.

—Te voy a echar mucho de menos —dijo lánguida—. Aún no me creo que te despidieran por el *overbooking* de aquel vuelo... ¡Hay gente que ha hecho cosas mucho peores y sigue trabajando! La verdad, no sé por qué no has intentado hablar con Lourdes en todo este tiempo, quizá hubiera sido posible arreglarlo, ¿no?

—María, no le des más vueltas. Ahora no es el momento. Ya lo tengo asumido y estoy ilusionada con el viaje. Me apetece pasar un tiempo fuera y cambiar de aires, así que no te agobies. Estaré bien. Me hace falta salir de la rutina en la que he vivido los últimos años.

Me miró poco convencida.

—¿Estás segura?

—Segurísima.

La verdad es que no lo estaba. Tenía —y, ahora mismo sentada en el coche, todavía lo tengo— un poco de miedo y un nudo en el estómago. Pero vi tan compungida a mi amiga que me dije que, por una vez, tenía que ser yo la valiente.

Miro por la ventanilla y veo que nos estamos acercando al aeropuerto. Se me revuelven las tripas. Vamos hasta el parking, dejamos el coche y, entre los tres, cargamos con las maletas. Pesan un poco. Una vez dentro de Barajas, buscamos los mostradores de facturación de mi antigua compañía, Air Espania, ya que vuelo con ellos directa a Boston. No puedo evitar sentir nostalgia, aunque rápidamente ese sentimiento es reemplazado por la emoción del viaje.

Salgo a mediodía y llegaré allí por la tarde. Llevo todos los teléfonos de Neri y Piot bien apuntados porque se supone que han de venir a recogerme.

Al cabo de unos pocos minutos he facturado mis dos maletones y estoy de pie con mis padres frente al control de seguridad, preparada para pasar a la zona de embarque y esperar allí hasta la hora de salida. Llevo el bolso tan lleno que me duele el brazo del peso, así que no quiero alargar la despedida más de lo necesario, quiero pasar por el filtro, buscar la puerta desde la que sale mi vuelo y sentarme tranquilamente a esperar que se haga la hora.

Además, o nos despedimos rápido, o estoy convencida de que voy a coger tal sofoco que soy capaz de volverme a Valencia con ellos. Mi padre me está abrazando y no dice una palabra. Se ha puesto sentimental y eso hace que me entren ganas de llorar. En cambio mi madre se ha puesto en plan... bueno, en plan madre.

—Llámanos en cuanto llegues para que nos quedemos tranquilos —me recuerda mientras aparta de un empujón a mi padre para abrazarme ella—. Y no comas mucha comida basura, o cuando vengas en diciembre no podrás comer polvorones. Lo digo en serio.

Volveré a casa en Navidad, como el del anuncio, así que la marcha no es tan dura porque en apenas cuatro meses estaré de vuelta. Mi madre se ha quedado con mi coche; de momento no voy a venderlo así que lo utilizará ella durante un tiempo. Está encantada. La miro y pienso en lo mucho que la voy a añorar.

—Ya verás que Neri y Piot te van a cuidar mucho. Por favor, no seas desastre y ten el cuarto ordenado, ¡que te conozco! Además, no les va a venir mal algo de compañía, creo que están un poco solos allí.... —se calla y me abraza otra vez—. Anda, ve a pasar ya el filtro o nos pasaremos así toda la mañana.

Voy a echar de menos hasta las regañinas de mi madre. Asiento con la cabeza y le doy un beso a cada uno mientras contengo las lágrimas.

—Os quiero mucho.

—Y nosotros a ti —responden a la vez.

Si no fuera porque son mis padres, me resultarían adorables. ¡Si hasta hablan a dúo!

Minutos después he cruzado el arco de seguridad y estoy recogiendo el bolso y la maleta de mano. Levanto la cabeza y veo que mis padres siguen esperando para despedirse por última vez. Les devuelvo el saludo y me doy la vuelta para dirigirme a la puerta de embarque. Las lágrimas me vuelven a los ojos y soy incapaz de aguantarlas. Mi vida va a cambiar por completo en cuestión de horas.

Una vez que, después de coger el tren que te lleva de la T4 a la T4 satélite, encuentro la puerta de embarque, me apoltrono en una silla y coloco el bolso a mi lado. Aún faltan casi dos horas para embarcar, así que saco mi Kindle y me pongo a leer. No estoy concentrada y no puedo pasar de la primera página de la última novela de Sophie Kinsella. Me han dicho que es para partirse, pero no estoy de humor. De repente, me viene a la mente una persona a la que también voy a echar de menos.

Me he despedido de María, de mis padres, de muchos amigos y compañeros, pero hay alguien de quien no me he podido despedir en persona: de Roberto. Nos hemos mandado un par de mensajes, y me ha dicho que cuando vuele a Boston vendrá a verme, pero en estos días no ha podido ni tomar un café conmigo. Supongo que ha tenido demasiadas rotaciones y no ha tenido tiempo. Ojalá pueda verlo cuando vuele a Boston, aunque no será lo mismo que cruzármelo día sí, día no por el aeropuerto.

De hecho, al no trabajar, este mes ni siquiera lo he visto, y me da pena. Más que pena, me da rabia. Sí, rabia, porque he estado colada por él desde el día en que lo conocí y nunca he sido capaz de decírselo. De todas formas, supongo que es mejor así. Al fin y al cabo, ¿por qué iba a fijarse en mí con tantas azafatas de vuelo revoloteando a su alrededor todo el día?

La verdad es que no sé qué pasa con el tema de las azafatas y los pilotos, suena a cliché, pero pasa. Si supierais la de pilotos que he visto divorciarse de sus mujeres para casarse con azafatas veinteañeras... Y Roberto no es menos. Aunque él no se casa con nadie. Ha habido algunas que lo han intentado, pero parece que ninguna es la mujer de su vida, o eso dice él.

Ya me gustaría a mí ser esa mujer.

A pesar de que me dio su número porque quería ligar conmigo, yo nunca llegué a llamarlo por teléfono. No me atreví. Fingí que no había visto el número entre los papeles y él nunca lo mencionó. Con el paso del tiempo, nos hicimos amigos. Ese fue el momento en el que supe que nunca le diría lo que sentía por él. Porque todo el mundo sabe que, una vez que entras en la zona de amigos, es casi imposible salir de ella. Y si había una pequeña posibilidad de salir, yo no tenía el valor para intentarlo.

Con la imagen de Roberto en mi mente no logro concentrarme en la lectura. Decido guardar el *ebook* de nuevo en el bolso y me pongo a observar a la gente. La verdad es que en un aeropuerto se ve de todo: familias que se van de vacaciones, gente que viaja por negocios, parejas de novios que se van de luna de miel, inmigrantes que vuelven a sus países, grupos de amigos... Eso sin contar la cantidad de azafatas y pilotos de diversas compañías. ¡Vaya! Y hablando de pilotos y azafatas que se lían... unas puertas de embarque más adelante hay unos que se están dando el lote a lo bestia. Y, además, son de mi antigua compañía. ¿Los conoceré? Me muero de curiosidad. Tengo que acercarme para ver quiénes son y contárselo a María. El cotilleo le hará olvidar que Pablo está esta semana, una vez más, en Madrid.

Me levanto como quien no quiere la cosa. Puedo hacer como si estuviera buscando la puerta de embarque o el baño. Así que me dirijo muy decidida hacia donde se encuentran. Tengo que ser discreta, pero si no me acerco más no los voy a distinguir... creo que tengo que volver a graduarme las lentillas.

Hasta que no estoy a tan solo unos metros de ellos no me percato de la gran sabiduría del refranero nacional. «La curiosidad mató al gato», pienso. No tengo ni idea de quién es ella, pero él es inconfundible, lo reconocería en cualquier parte. De repente, me siento furiosa. A lo largo de este mes no ha sido capaz de quedar conmigo a tomar ni un mísero café ni de llamarme para despedirse, ¡lo ha hecho por mensajes! Entiendo que prefiera morrearse con ella antes que conmigo, pero se suponía que éramos amigos.

Me despiden, me voy a vivir a otro continente, ¡al

otro lado del charco! y no tiene ni cinco minutos de su tiempo para dedicarme... Claro, ahora entiendo el motivo. Por lo visto, desde la última vez que nos vimos se ha buscado una nueva amiguita que no le deja tiempo para las demás. Una nueva amiguita, pero igual a todas. Rubia, alta y extremadamente delgada. La típica tía buena.

Me aparto de ellos a toda prisa porque soy una cobarde. Lo soy porque no soy capaz de acercarme y decirle a la cara a Roberto que me parece fatal que no haya tenido ni media hora para despedirse de mí como Dios manda. Porque soy incapaz de ponerle mala cara y haré como si nada. Pero él no tiene ninguna obligación conmigo así que, ¿qué le diría? ¿Que estoy enfadada porque me gustaría que me estuviera besando a mí en vez de a esa azafata? No puedo hacer eso así que, con paso rápido y muy cabreada conmigo misma, me alejo de allí.

¿Por qué todo me pasa a mí? No es que me sorprenda lo de Roberto, no es la primera vez que lo hace, suele anteponer sus ligues a cualquier otra cosa, pero, teniendo en cuenta que voy a vivir a seis horas de diferencia horaria, ¿tanto le costaba quedar conmigo un día a tomar un café? ¿Llamarme al menos? No sé. Algo.

Menos mal que voy a empezar una nueva vida, porque desde luego mi antigua vida vale bien poco. Bueno, lo primero que tengo que hacer es largarme de aquí, solamente faltaría que Roberto me reconociera ahora mismo. Encima tendría que sonreír y fingir que me alegro de verlo. ¡Eso sí que no! Seré tonta pero no gilipollas. Miro el reloj y veo que aún falta algo más de una hora para que mi vuelo empiece a embarcar. Tengo que borrarme esa imagen de la cabeza. Y, ¿qué es lo mejor para olvidar? El alcohol. Mejor dicho, un gin-tonic.

Aunque pensándolo bien, son las once de la mañana y supongo que meterme un gin-tonic entre pecho y espalda sería demasiado, ¿o no? También podría tomarme una copita de vino tinto. Sí, una copita de vino con un pincho de tortilla estaría bien. Tortilla de patata y cebolla: un pequeño homenaje a la gastronomía española. *Typical Spanish*. Aunque me va a salir por un ojo de la cara porque los precios del aeropuerto son desorbitados...

CAPÍTULO 4

Business class

Al cabo de treinta minutos reposan sobre mi mesa tres copas de vino vacías y dos platos que, en algún momento, han contenido un pincho de tortilla y un bocata de jamón serrano con tomate restregado.

Esto ya no es solo por el despido, ni por haber visto a Roberto besando a una azafata —cosa que, pensándolo bien, no debería haberme sorprendido porque él solamente sale con azafatas de vuelo y, cuando no está con una, está con otra—, es porque acabo de darme cuenta de que *a)* la comida del avión es asquerosa y no quiero morir de hambre y *b)* quién sabe cuánto tiempo va a pasar hasta que me vuelva a zampar un bocata de jamón.

Así que ha sido dinero bien empleado. Una inversión con un valor seguro.

Lo único es que no estoy muy acostumbrada a beber vino y creo que se me está subiendo a la cabeza. Tendré que dormir la mona en el avión, al menos tengo un asiento en ventanilla y podré recostar la cabeza para pegar alguna cabezadita. Ya me está entrando bastante sueño y estoy a punto de dar cabezazos sobre la mesa. Lo mejor será volver a la puerta de embarque, queda poco para que den las voces de megafonía.

En cuanto me pongo en pie me doy cuenta de que lo de las copas de vino ha sido un error. Ahora no solo estoy jodida por haber visto a Roberto besando a una azafata, sino que también estoy mareada. Por suerte, he ingerido bastante comida y eso palia un poco los efectos del alcohol.

Miro la pantalla y veo que en mi vuelo ya indica *EMBARCANDO,* así que cojo el bolso y la maleta y corro hacia la puerta. Menos mal que no se me ha ocurrido ponerme tacones. Aliviada, al llegar a la puerta compruebo que turista todavía no ha empezado a embarcar y que solamente han llamado a los pasajeros de clase *business.*

Pacientemente espero a que los afortunados pasajeros que han podido pagar el carísimo billete de primera suban a bordo y me coloco en la fila. Saco el pasaporte y la tarjeta de embarque del bolso. Poco a poco la cola avanza, veo que me queda poco para pasar así que saco el móvil y le mando un último *what-*

sapp a mi madre antes de desconectar el 3G y apagar el móvil.

Por fin llego al mostrador y le doy la tarjeta de embarque a la compañera sin poder evitar pensar que ¡hace poco yo era una de ellas! Ya casi estoy entrando en el *finger* cuando escucho un pitido y me doy cuenta de que es mi tarjeta la que ha pitado. Buf, lo que me faltaba, seguro que es porque me han cambiado el asiento. ¿Qué te apuestas a que mi nuevo asiento está en la fila central y en el medio? Probablemente a mi lado se van a sentar dos señoras gordas y no podré moverme en todo el vuelo ni para ir a mear. Ni recostar la cabeza para dormir la mona. Con la buena suerte que tengo últimamente, no me extrañaría nada.

Resignada, doy la vuelta antes incluso de que la chica tenga tiempo de llamarme.

—Disculpa, veo que te ha pitado mi tarjeta —digo cordial aunque estoy mosqueada—, supongo que es porque me habéis cambiado el asiento...

La chica revisa la pantalla del ordenador.

—Vaya, está de enhorabuena. Tenemos *overbooking* en turista y, como es usted usuaria de nuestra tarjeta de fidelidad, la han cambiado a primera —me indica amablemente.

La miro con los ojos abiertos como platos. Bueno, como soy desafortunada en amores al menos tenía que tener suerte en el juego.

Por primera vez en mi vida me alegro de que hayan vendido más plazas de las que tiene un avión. Nunca he volado en *business* y, teniendo en cuenta que me esperan casi nueve horas de vuelo, no creo que hubiera podido darme mejor noticia. Mi padre hizo bien en sacarme la tarjeta de fidelidad de la compañía cuando me compró el billete. Yo no la tenía, porque al ser empleada utilizaba otro tipo de billetes, pero ahora no hay motivo para no tenerla. Eso sí, no tengo intención de volar en exceso con mi excompañía, resulta un poco raro pensar que yo era antes una de ellos.

Aunque, por esta vez, no tengo queja alguna, no solo voy a conseguir millas con este vuelo, sino que ¡va a ser una muy grata experiencia!

La azafata me indica el nuevo número de asiento. No puedo creerlo, no puedo creerlo. Hasta hace un minuto pensaba que iba a estar apretujada en el pasillo central sin poder mover las piernas y ahora resulta que ¡voy a poder tirarme todo el viaje durmiendo! Cruzo el *finger* dando saltitos de alegría, pero mi coordinación no es muy buena y el vino no ayuda mucho. Cuando llego a la puerta del avión me he atizado ya tres golpes en la pierna con la maleta de mano. Me va a salir un buen moratón. Pero qué más da, ¡estoy en *business!* La sonrisa no me cabe en la cara. Parezco un gato de Cheshire.

Solo de ver los asientos ya me hacen chiribitas los

ojos. Y me da la sensación de que, encima, el asiento de al lado mío va a estar vacío... el resto de *business* está lleno y ya está embarcando turista, así que con un poco de suerte el contiguo al mío no lo ocupará nadie. Aprovecho para dejar mi bolso sobre él y una azafata me ayuda a subir mi *trolley* al *rack* —ya sabéis, ese armarito que está sobre nuestras cabezas y en el que solemos dejar la maleta, la mochila y todo lo que quepa—. Me siento y, como aún faltan unos minutos para el despegue, empiezo a inspeccionar, sintiéndome como Tom Hanks cuando sube a la limusina en la peli de *Big*. Primero abro el neceser, no está nada mal: loción corporal, bálsamo labial, pasta de dientes Colgate, pastillas Smint de menta, un cepillo de dientes, un antifaz para dormir, calcetines, Kleenex, tapones para los oídos... ¡Vaya! Qué cantidad de productos. Aunque yo he venido preparada con prácticamente todas estas cosas me encanta que me las den. Es como cuando te llevas los geles de un hotel a casa, a mí se me acumulan en las estanterías porque luego nunca los utilizo, pero esos botecitos son tan monos que no puedo evitar llevármelos siempre.

Me decido a acomodarme para el vuelo. Guardo las bailarinas dentro de su bolsita correspondiente y las meto dentro del bolso. Me coloco mis gruesos calcetines y me pongo un poco de crema hidratante en la cara y bálsamo en los labios. Mi plan es el siguiente: leer un poco hasta que nos saquen la comida, luego ver una peli —depende de las que pongan en el sistema de entretenimiento a bordo— y dormir un rato hasta que nos vuelvan a sacar más comida. Me abrocho el cinturón y espero a que nos movamos.

Unos minutos después estamos rodando por la pista. Estoy pasando bastante del tema de la mascarilla, el chaleco y las salidas de emergencia. No debería, pero lo he visto tantas veces que igual sería capaz de recitarlo si me dejaran. Así que saco la *Cuore* del bolso y me pongo a ojear a las mejor y peor vestidas para distraerme.

Odio el momento del despegue. Es, junto con las turbulencias, lo que más miedo me da de un vuelo. Normalmente permanezco con las uñas clavadas en el apoyabrazos hasta que la señal luminosa del cinturón de seguridad se apaga. Odio que la gente se levante inmediatamente después para ir al lavabo. ¿Después de haber pasado tantas horas en el aeropuerto no han tenido tiempo de ir? ¿O es que no pueden aguantar quince minutos seguidos sin mear? No me gusta que se levanten cuando acabamos de estabilizarnos, me asusta.

Intento distraerme del despegue con los «Argggg» pero es imposible. Me agarro al asiento y rezo en silencio. No es que yo sea de rezar mucho pero, en estos casos, un Padre Nuestro me tranquiliza. El avión empieza a rodar por la pista, poco a poco va cogiendo velocidad hasta que noto como las ruedas se separan del suelo.

Este es el peor momento. Por suerte, el despegue ha sido muy suave y, casi sin darme cuenta, ya hemos cogido altura y la señal de cinturones se apaga.

Aunque yo me lo dejo abrochado. Por si las moscas.

Todavía estoy algo mareada por el vino y no hay manera de que me concentre en la lectura, así que me quito las lentillas, las guardo en una cajita con líquido y reclino la butaca.

Es increíble lo cómodos que son estos asientos. Con lo anchos que son y teniendo en cuenta que se reclinan hasta quedar casi en posición horizontal creo que podría echarme una buena siesta. Me tapo bien con la manta. Voy a dormir hasta que traigan la comida. Me pongo el antifaz para que no me moleste la luz y desconecto del mundo.

—Disculpe, señorita.

Buf, la gente podría hablar más bajo. Así, no hay quien duerma. Seguro que es un pesado llamando a la azafata. ¿No saben que hay un botoncito para hacer eso? Me doy la vuelta y trato de volver a conciliar el sueño.

—Disculpe, señorita.

Tenía que haberme puesto los tapones. Este tío es insistente.

—Señorita, disculpe que la despierte, pero es que...

¡Vaya! ¿Me están llamando a mí? Me giro y me quito el antifaz. Delante de mí tengo a un pasajero cargado con todas sus pertenencias, aunque lo veo borroso porque me he quitado las lentillas y llevo las gafas en el bolso.

—¿Sí? —pregunto somnolienta—. ¿Qué ocurre?

—Verá, es que mi asiento se ha atascado y no se reclina. Así que la azafata me ha dicho que podía ocupar este de aquí. —Señala el asiento contiguo al mío y que está abarrotado de trastos. Los míos.

—Ah, claro, claro.

Avergonzada, me apresuro a recoger todas mis cosas. A saber cuánto rato llevaba de pie llamándome. Enseguida lo tengo todo debajo del asiento delantero y el pasajero se acomoda junto a mí.

—Siento haberla despertado —se disculpa—, pero es que no quería mover las cosas sin su consentimiento.

¡Qué educado!

—No se preocupe —respondo sonriente.

—Bueno, pues no la molesto más —dice amablemente—. La dejo que siga durmiendo.

Pues vaya, con lo majo que era... Y ahora que lo tenía más cerca, parecía hasta mono, aunque sin las lentillas es difícil estar segura de esto. Veo que saca un portátil y se pone a trabajar. Bueno, quedan muchas horas de vuelo, ya charlaré con él más tarde. Puede que hasta viva en Boston. Me pongo el antifaz de nuevo, me doy la vuelta y caigo rendida al instante.

Una hora después noto que alguien me toca suavemente el hombro.

—Disculpe, señorita —me dice de nuevo educadamente mi compañero de viaje mientras yo me incorporo, me quito el antifaz y abro el bolso para sacar las gafas—, es que van a traer la comida.

—Muchas gracias —me giro y le sonrío—. Soy capaz de pasarme todo el vuelo durmiendo y luego me hubiera arrepentido de no probar la comida de clase *business*.

Me pongo las gafas para verlo bien. Debe de tener más o menos mi edad, unos veintitantos o treinta y pocos. Tiene una sonrisa blanca impecable. Y el pelo de color castaño tirando a pelirrojo. Lo único que no me gusta es que lo lleva engominado. Igual que los estirados hombres de negocios a los que solía atender en el aeropuerto. Igual que aquel tipo del *overbooking*. Sí, lo lleva repeinado igual que él. Lo miro con detenimiento y no tardo más que unos segundos en darme cuenta. ¡Es el pasajero del *overbooking*! ¡¡Mierda, mierda, mierda!!

Mientras observo como coge la bandeja que le entrega la azafata me doy cuenta de que solamente tengo dos opciones: decirle quién soy o seguirle el rollo.

Queda claro que él no tiene ni idea de quién soy yo ya que, de momento, se ha mostrado educado. Si le digo quién soy, las ocho horas de vuelo que quedan pueden ser tensas, muy tensas. Si no se lo digo, aunque voy a tener que morderme la lengua y fingir, al menos el viaje transcurrirá en paz. El motivo de mi partida era empezar de cero... así que no tendría sentido empezar la experiencia con mal pie.

Decidido: voy a hacer como si no lo hubiera visto en mi vida.

La azafata interrumpe mis pensamientos al traerme la comida. Qué buena pinta, no se parece en nada al tipo de comida que sirven en turista y de la que no soy capaz de comer más que el pan, la mantequilla y el quesito que ponen. Observo la bandeja y me relamo. El hecho de que la vajilla sea de loza me encanta, odio las de plástico. Y, aunque sé que después del bocata y la tortilla no debería tener hambre, delante de mí tengo una bandeja con un plato que contiene hamburguesa de ternera con manzana caramelizada y berenjena salteada, una taza de consomé, una ensalada fresca y una selección de quesos; todo regado con otra copita de vino tinto, ¡Ribera del Duero, ni más ni menos!

—Que buena pinta tiene —no puedo evitar decir—. Muchas gracias —le digo sonriente a la azafata.

—La verdad es que no está mal —replica mi compañero de viaje mientras da un mordisco a un trozo de queso.

—¿Qué no está mal? Debería ver lo que sirven allí detrás —digo señalando con la cabeza la zona de turista.

—En eso tiene toda la razón —asiente—, lo que les sirven es absolutamente incomestible. Pero por favor, háblame de tú.

Lo miro y no sé qué responder. Sin darme cuenta he entablado una amigable conversación con él, pero yo sigo viéndolo como el pasajero del *overbooking,* el culpable de que yo esté ahora mismo sentada en este avión, y no sé si quiero seguir charlando.

Doy un sorbo a la copa de vino y, sin querer, le sonrío. Avergonzada, giro la cara y doy un mordisco a un trozo de queso.

Él me mira divertido.

—Mujer, si debemos de tener la misma edad. Me llamo Miguel, ¿y tú? —me ofrece la mano en vez de darme dos besos.

¿Cómo olvidarlo? Miguel Rodríguez. Vale, puede que no vaya a decirle que soy la chica que lo facturó en el aeropuerto, pero si no quiero parecer una maleducada en toda regla tendré que responder.

—Soy Teresa —replico mientras le tiendo la mano—, aunque todo el mundo me llama Tesa.

¿Esto era necesario que se lo dijera? ¿Qué le importa a él como me llamen? Solamente quiero ser amable, pasar el mal trago y olvidarme de él para siempre. Puede que sea guapo, pero fue un maleducado de cuidado.

Aparto la mano y cojo los cubiertos.

—Encantado, Tesa —al decir esto me ofrece su copa para que brindemos. ¡Lo que faltaba! Esto es absurdo. Abrumada por la situación, brindo con él—. ¿Y puedo preguntarte cuál es el motivo de tu viaje a Boston o es una indiscreción?

A ver, déjame que lo piense... ah, sí, pues que me despidieron por culpa de un pijo que volaba en *business* y dio *overbooking* en el vuelo.

—Un cambio de aires —respondo inexpresiva—. Voy a trabajar una temporada allí, vivir el sueño americano, ya sabes...

—Qué casualidad, yo también —da un bocado a su comida y prosigue—. Bueno, lo del sueño americano no tanto, no sé si a mí me va ir mucho el tipo de vida estadounidense, ya veremos qué tal lo llevo.

Asiento, pero como no digo nada, sigue hablando.

—La multinacional para la que trabajo me ofreció un puesto directivo en Boston —¿Directivo en una multinacional en el extranjero? ¿Con mi edad? Debe de tener un buen enchufe—. Voy a echar mucho de menos a mi familia, pero no podía rechazarlo. Mis padres son de un pueblo de la Safor, gente humilde,

¿sabes? Han gastado todos sus ahorros en pagarme una buena educación, incluso en mandarme al extranjero para aprender idiomas, así que cuando me ofrecieron el puesto en Boston, lo acepté sin pensar.

Suspira.

—Voy a echar de menos a la familia —intuyo que ya siente añoranza—, pero sé que esto es lo que siempre han querido para mí. No podía rechazarlo. Al fin y al cabo, tampoco puedo quejarme, ¿no? —aparta la bandeja y da un último sorbo a su vino.

Lo miro confusa. Ahora ya no sé qué pensar de él. El día del aeropuerto me pareció un completo impresentable, hoy me había parecido un pijo enchufado y al final va a resultar que es un tipo realmente encantador. Lo de su familia me ha enternecido. No puedo negarlo.

Miro la apetitosa comida que hay sobre la bandeja. De repente se me ha quitado el hambre. Él me sonríe.

—Bueno, ¿y qué vas a hacer tú exactamente?

A regañadientes le respondo.

—Voy a vivir en casa de unos familiares y a trabajar en una librería. Nada del otro mundo. No es comparable a lo tuyo.

Esta conversación no nos lleva a ninguna parte. Su vida es fabulosa, la mía un desastre. Y para colmo ¡me resulta simpático! Veo que se acerca la azafata y le entrego mi bandeja prácticamente intacta. Agobiada, empiezo a buscar una película en el servicio de entretenimiento a bordo. Esto me dará un par de horas de silencio y algo de tiempo para pensar.

—Voy a ver una peli —le digo secamente mientras me pongo los cascos.

—Está bien, yo tengo que ojear algunas cosas del trabajo —responde lacónico.

Me da la sensación de que se ha quedado aturdido, de que le apetecía charlar conmigo. A lo mejor he sido muy cortante con él, pero es lo mejor. Está claro que, aunque vayamos a vivir en la misma ciudad, no vamos a ser amigos. Nuestras vidas son totalmente opuestas así que, cuanto menos nos conozcamos, mejor.

Reclino un poco más mi asiento y me pongo una comedia romántica que todavía no han estrenado en España. Veo que él saca el portátil y se dispone a trabajar. Me siento un poco culpable. Lo vuelvo a mirar y, de repente, lo recuerdo chillándome detrás del mostrador. No, definitivamente, yo no tengo la culpa de nada.

Gracias a las ventajas de volar en primera, el vuelo se me ha hecho extremadamente corto. En aproximadamente hora y media estaremos aterrizando. No estoy excesivamente cansada porque me he echado una buena siesta y ahora estoy esperando que traigan la cena. Miguel está guardando su portátil y sé que de aquí a que aterricemos no voy a poder librarme de mantener una conversación con él.

Se gira hacia mí y ve que ya me he despertado. Sonríe de nuevo.

En ese mismo instante me doy cuenta de que no he vuelto a ponerme las lentillas y, alarmada, me llevo la mano al pelo que, con toda seguridad está hecho un revoltijo. Por no mencionar que debo de tener la piel más seca que la de un lagarto.

—Voy al lavabo —musito mientras cojo discretamente el neceser.

A los pocos minutos vuelvo en un estado mucho más presentable que hace que me sienta de mejor humor. Veo que ya nos han servido la cena.

—Como no volvías —dice tímidamente—, y había que pedir la bebida te he pedido lo mismo que yo.

Me fijo y veo que me ha pedido Coca Cola light. Justo lo que yo hubiera pedido. Levanto la vista y lo miro de nuevo.

—Disculpa si te ha molestado. No sabía qué querías y he pensado que como, seguramente, aguantes hoy despierta hasta la hora de dormir, por lo del jet lag y todo eso, la cafeína te iría bien... por eso la he pedido yo —se explica—. Aunque igual no tenía que haberla pedido light, a lo mejor prefieres la normal.

Me siento y abro la lata.

—Qué va —respondo amablemente—, solamente me gusta la Coca Cola light y por hoy ya he bebido demasiado vino, así que has acertado.

—En ese caso, me alegro —dice mientras se dispone a hincarle el diente a una rebanada de pan con queso de untar y salmón.

—Lo siento si antes he estado un poco seca —las palabras salen de mi boca antes de que mi mente llegue a procesarlas—. Es que estoy un poco nerviosa con todos estos cambios.

—Disculpas aceptadas —dice alegre—. La verdad es que te comprendo. Son muchas cosas en poco tiempo.

Y tanto que son muchas. Hasta que pasen un par de días no sabré dónde me he metido.

—¿Y cómo es que vas a trabajar en una librería? —inquiere curioso.

—Bueno, la verdad es que me quedé sin trabajo —esta es la única explicación que le pienso dar—, y como siempre he querido vivir en Estados Unidos contacté —ni se me pasa por la cabeza decirle que la que contactó fue mi madre— con unos familiares y pasaré una temporada con ellos hasta que pueda vivir por mi cuenta.

»Yo soy licenciada en Filología Inglesa y me encanta leer, de hecho mi sueño siempre ha sido poder tener mi propia librería, al estilo de la de Meg Ryan en *Tienes un e-mail,* ¿sabes? Pero ni es un negocio rentable ni tengo dinero para montarlo, así que voy a conformarme, de momento, con trabajar en Barnes & Noble como dependienta.

Asiente.

—No está mal, teniendo en cuenta que, tal y como están las cosas en España, te hubiera costado bastante encontrar un empleo. Es un buen comienzo y nunca sabes hasta dónde puedes llegar. Imagino que debes de tener un nivel muy alto de inglés, por lo que podrás optar a otros puestos mejores en un futuro. Seguro que te va bien, ya lo verás.

Sonrío irónica.

—Claro, y eso me lo dice el que vuela en primera, va a trabajar en un puesto directivo y seguro que le han puesto hasta un piso. ¿Me equivoco?

—La verdad es que no —responde un tanto avergonzado.

Me siento mal. ¿Qué culpa tiene él de que las cosas le vayan bien?

—Bueno, pues esa suerte que tienes —le digo sonriente para compensar mi bordería. Recuerdo lo que me ha comentado de sus padres antes y añado—: Seguro que tu familia está muy orgullosa.

Tarda un segundo en responder.

—Eso es cierto —dice pensativo—, pero trabajar tanto a veces hace que no puedas estar con ellos en momentos importantes.

No sé por dónde van los tiros, pero noto que se ha

puesto serio. Prefiero no meterme en terrenos pantanosos. Tampoco es que quiera ser su amiga... ¿o sí?

Antes de que pueda darme cuenta, estamos aterrizando y, una vez más, me agarro con fuerza al asiento. Veo que Miguel me mira de reojo pero lo estoy pasando tan mal que soy incapaz de soltarle una fresca, ¡y no por falta de ganas!

Por suerte, el aterrizaje es suave y antes de que cante un gallo noto como las ruedas se deslizan por la pista y respiro.

Al haber podido dormir me encuentro bastante despejada y el hecho de estar al principio del avión implica que ahora no tengo que estar media hora esperando para poder salir de él. Tanto Miguel como yo nos recomponemos, cogemos nuestros trastos y, después de darles las gracias a las azafatas por las atenciones que han tenido a lo largo de todo el vuelo, salimos del avión.

Ahora que ya estoy aquí siento un poco de nostalgia y empiezo a asustarme por el cambio que todo esto va a suponer en mi vida. Tardamos diez minutos en recorrer pasillos y pasillos hasta llegar a inmigración y veinte minutos más en que se acabe la cola de gente y nos atiendan.

Cuando por fin llegamos a las cintas de recogida de equipaje Miguel me mira fijamente y me dice:

—Has sido muy amable, y eso que sé que sabes perfectamente quién soy.

Abro los ojos y lo observo incrédula. No es posible que me haya reconocido. NO ES POSIBLE.

Asiente.

—Sí. Eres la chica que me atendió en el aeropuerto el día que di *overbooking*. Te recuerdo perfectamente. ¿Sabes que eres mejor persona que yo? Espero que todo te vaya bien en Estados Unidos, te lo mereces de verdad. —Se acerca a mí y me da un beso en la mejilla—. Me alegro mucho de haberte conocido.

No sé qué responder. Entonces, antes de que pueda reaccionar, empieza a salir el equipaje por la cinta. Sin decir nada, se da la vuelta, recoge su maleta y se aleja, sin despedirse.

¡Esto es el colmo!

CAPÍTULO 5

Mi nueva vida bostoniana

Neri y Piot son una pareja encantadora y, a pesar de que son polos opuestos, se compenetran a la perfección. Él es un hombre tranquilo y callado mientras que ella es todo lo contrario, nerviosa y muy habladora. Desde el momento en el que me recoge en el aeropuerto sufro un interrogatorio por su parte en el que me pregunta por todo y por todos. Me cuesta un poco mantener la conversación, aún me siento un poco aturdida por el jet lag y las palabras de Miguel, pero me las arreglo para responder con naturalidad fingida a todas las preguntas que me hace y hasta para parecer ilusionada.

—Vaya, pues sí que has traído equipaje, hija —comenta Neri—, ni que en Estados Unidos no tuviésemos tiendas.

No le explico que me entró un ataque de compras compulsivas poco antes de organizar mi partida.

—Bueno, y cuéntame. ¿Qué tal ha ido el viaje? ¿Has podido dormir? Pareces cansada.

¡Toma, como para no estarlo! Me han subido a primera, se me ha sentado un tío bueno al lado, resulta que era el mismo al que facturé en *overbooking*, me he hecho la olvidadiza y me he puesto a charlar con él y, para colmo, resulta que él sabía desde el principio quién era yo. Aún no lo he asimilado.

—He dormido un rato —respondo—, pero el cambio horario y tantas horas sentadas siempre te dejan reventada.

—Tranquila, ahora cuando llegue Piot a casa cenaremos y luego puedes irte a dormir, pero no demasiado pronto o no te acostumbrarás al nuevo horario.

Asiento con la cabeza. No paro de revivir mentalmente todo lo que ha pasado. Sabía desde el principio quién era yo. Y no ha dicho nada. Yo tampoco lo he dicho pero... al fin y al cabo, el impresentable fue él.

Intento borrar de mi cabeza la imagen de Miguel dándome un beso en la mejilla y me centro en la conversación.

—¿Qué cenaremos? —pregunto, tratando de parecer alegre.

—Ah, te va a encantar. —Neri pone cara pícara—.

En realidad estoy a dieta pero, estos primeros días, me he propuesto que degustes la gastronomía estadounidense y de la costa Este. Tengo los menús de las cenas preparados para toda la semana: costillas con puré de patatas, jamón glaseado con boniato...

Se me está haciendo la boca agua.

—¡Y para los desayunos, he comprado de todo! Tienes donuts, de los de Dunkin Donuts, ¿eh?, *cookies, bagels...*

Si mi madre la estuviese escuchando me agarraba de una oreja y me llevaba de vuelta a casa a rastras.

—Al final tendré que ir de tiendas —le digo divertida—. ¡Con tanta comida la ropa no me va a caber!

—No te preocupes. Piot es muy deportista y sale los fines de semana a correr, a ir en bici... puedes acompañarle y compensar las calorías. Eso es justo lo que hago yo —afirma convencida.

La miro y tengo que ahogar una risita, porque es evidente que no lo hace. Mejor dicho, que no lo ha hecho en su vida.

—Bueno, no sabes lo que me alegré de recibir la llamada de tu madre. Quiero que me pongas al día de todo. Ya verás que, dentro de poco, te habrás habituado a la vida americana y, en cuanto empieces a trabajar, conocerás a un montón de gente. Pero lo primero es lo primero, cuéntame cómo están tus padres. ¿Tu madre sigue tan delgaducha como siempre?

Ay, si la estuviera escuchando, la que le iba a caer. Suspiro, porque voy a echarla de menos, pero ¡y la de donuts que me voy a comer sin remordimientos! Sonrío sin poder evitarlo. Un poco más alegre, me acomodo en el asiento y me dispongo a narrarle a Neri mis últimas aventuras —y desventuras— en España.

Lo cierto es que, al cabo de una semana, me siento realmente emocionada de estar aquí. Tengo tanto que ver y hacer que me olvido por completo de Miguel, de Roberto y de mi despido del aeropuerto. Los primeros días los dedico a hacer un poco de turismo y a conocer la ciudad.

Camino siguiendo la senda histórica del Freedom Trail y me imagino la vida de los primeros colonos; paseo por el verde parque del Boston Common; recorro las estilosas tiendas de la calle Newbury; me siento a leer en las elegantes salas de la biblioteca frente a la plaza Copley, subo las cuestas de Beacon Hill y me maravillo con las antiguas farolas de gas que aún iluminan sus calles, disfruto en Quincy Market, un mercado lleno de artistas callejeros, puestos de comida y modernas tiendas; y cruzo el río Charles para visitar la Universidad de Harvard en la vecina Cambridge y sentirme una estudiante más. Cámara en mano, cual turista japonesa, inmortalizo todos esos lugares y, por primera vez en muchos meses, me siento bien.

La vida con Neri es muy agradable. Su casa es igual a las que se suelen ver en series y películas. Es la típica casa de madera en medio de una urbanización donde los jardines no tienen verjas y las ardillas campan a sus anchas.

Tengo un dormitorio y un baño para mí sola, así que no puedo pedir más. Por las mañanas desayuno con ella antes de que se ponga a trabajar —aunque no se va muy lejos porque tiene el despacho en el sótano— y a Piot no suelo verlo hasta la hora de la cena, porque se marcha muy temprano al hospital.

Hoy no es mi primer día de trabajo, pero estoy un poco nerviosa porque he quedado con la encargada de la tienda para conocerla y que me explique un poco las cosas. No tengo problemas con el idioma, pero sí tengo miedo de no arreglármelas con la caja registradora o de no encontrar lo que me pidan los clientes. Bueno, supongo que es normal cuando se tiene un nuevo trabajo.

En la librería llevan uniforme, así que no tendré que preocuparme de qué ropa ponerme. Igual que en el aeropuerto, me encanta levantarme y no tener que pensar en el modelito. Como hoy no he tenido esa suerte, he utilizado uno de los conjuntos que me preparó María. Llevo pantalones pitillo blancos, bailarinas en tono coral, una blusa blanca con gruesos botones dorados y una fina rebeca en un tono coral algo más claro. Arreglada pero informal.

Estoy sentada en la mesa con Neri pero estoy más centrada en mis pensamientos que en la comida. Intento dar un bocado a las *cookies* de chocolate, pero no me entra nada. Doy un sorbo al café y decido que es mejor dejarlo, no sea que de camino, en medio del autobús, me dé por tirarlo todo...

—¿No piensas desayunar? —me pregunta Neri en plan madre.

—Estoy un poco nerviosa, no me apetece. —Ya sé que el desayuno es la comida más importante del día y bla, bla, bla, pero tengo el estómago cerrado. Y no es que yo no tenga reservas en mis carnes...

Neri se levanta, se dirige a la cocina y vuelve al instante con un paquetito.

—Es un *bagel* con queso de untar y salmón para que, cuando estés más tranquila, almuerces. Y acuérdate, hoy comemos juntas, no te vayas a quedar de compras por el centro y te olvides de mí, ¿eh?

Sonrío.

—Gracias, no me olvidaré. —Neri me trata como si fuera su hija y eso se agradece. Me pongo en pie—. Bueno, será mejor que me vaya. No vaya a ser que llegue tarde...

—Suerte —me dice—, aunque sé que no la necesitas.

«Eso espero», pienso mientras cruzo la puerta y salgo al jardín.

La tienda de Barnes & Noble se encuentra dentro del centro comercial del Edificio Prudential, el segundo rascacielos más alto de la ciudad. Está en plena zona comercial, en la calle Boylston, y frente a la Apple Store. Por suerte para mí, hay varias paradas de metro cercanas y que me vienen bien con lo que, con un simple viaje en autobús y un transbordo en metro, podré venir a trabajar sin problemas y sin necesidad de agenciarme un coche. La verdad, no creo que sea fácil aparcar en Boston y tampoco creo que me resultara sencillo conducir un coche automático en una ciudad que no conozco, así que prefiero utilizar el transporte público. ¡Pero cómo echo de menos conducir mi Fiat 500!

He quedado con la encargada de la tienda a las diez y media. Como he llegado temprano y veo que aún tengo media hora aprovecho para comerme el *bagel* y relajarme dando una vuelta por las tiendas. Anoto mentalmente todas las que me gustan para visitarlas con tranquilidad en los próximos días, aunque por desgracia, una de mis tiendas favoritas, Abercrombie, queda un poco lejos del trabajo, en la otra punta de la ciudad, en Quincy Market.

Aun así, recorro tiendas como la estilosa Vineyard

Vines, la encantadora Yankee Candle y Sephora, esta última no puede faltar nunca en una mañana de compras. Hay un montón de locales y restaurantes y eso que aún no he cruzado al Copley Center, que está unido a este, y tiene una amplia selección de tiendas de ropa. Me froto las manos pensando en las compras que podré hacer.

Cuando faltan cinco minutos decido dirigirme ya a la librería, no sea que al final, de tanto hacer tiempo, me retrase. Empiezo a andar por un pasillo y voy siguiendo el plano del centro comercial para llegar, pero, sin darme cuenta, me pierdo y aparezco en el Centro de Convenciones Hynes que se encuentra en el mismo edificio. ¡Mierda! ¿Será posible que después de haber llegado temprano acabe llegando tarde por haber querido cotillear las tiendas? Joder, joder, joder...

Camino por los pasillos, buscando la tienda, pero es en vano, no la encuentro. Y encima estoy sudando como un pollo. Vamos, que voy a llegar hecha un cuadro. Vuelvo a mirar el plano y, desesperada, decido volver por donde he venido y preguntar en Información. Echo a correr y voy esquivando a la gente mientras farfullo apresuradas disculpas por los posibles codazos o empujones. Levanto la vista y, a lo lejos, veo el mostrador de Atención al Cliente. Mantengo la vista fija en él y sigo corriendo todo lo rápido que puedo porque, como soy bastante sedentaria, no estoy acostumbrada a darme este tipo de carreras. Creo que me va a entrar flato. A pesar del cansancio, avanzo a toda velocidad por el pasillo central cuando de repente algo se interpone en mi camino.

Lo siguiente que sé es que estoy en el suelo.

Me he dado un buen trompazo y me duele la cabeza. ¡Ay! Me incorporo como puedo y me froto la cabeza dolorida. Me va a salir un buen chichón. Entonces me giro y lo veo. Abro los ojos como platos: Miguel. Ha sido él quien se ha interpuesto en mi camino.

Sentada en el suelo, lo miro boquiabierta. Después de nuestro último encuentro ya había asumido que no volvería a verlo. Está arrodillado recogiendo un montón de papeles que, al parecer, han salido despedidos de su carpeta en el momento del choque. Se gira hacia mí enfadado y empieza a gritar. Hay que ver el mal genio que se gasta.

—¿Es que nadie te ha enseñado a no correr por los pasillos? —vocifera de malos modos.

Yo, impasible, lo observo a la espera de que se dé cuenta de quién soy. Tengo curiosidad por ver su reacción, aún más teniendo en cuenta lo que pasó en el aeropuerto. La verdad es que yo no sé qué pensar de él.

—¡Mira lo que has...! —no puede ni terminar la frase cuando se percata de que soy yo—. ¡Tesa! Yo... lo siento mucho... No pretendía... —Me mira sin saber qué hacer, apurado. Se incorpora y se acerca hasta mí, que sigo inmóvil, sentada en el suelo. Me tiende la mano para levantarme.

—Gracias, pero puedo solita —respondo bruscamente mientras me pongo en pie.

—Lo siento, no he debido ponerme así —se disculpa—, pero es que es peligroso ir corriendo a lo loco. Podrías haberte hecho daño, ¿sabes?

—Tu preocupación me conmueve —digo irónica—, pero creo que estabas más preocupado por tus papeles del trabajo que por mí. Hasta que no te has dado cuenta de quién era yo has sido un completo maleducado.

Me mira sin saber qué decir. Incapaz de responder.

—Exactamente igual que el día en el que nos conocimos —continúo desafiante.

Abre la boca para contestar, pero de ella no sale ni una sola palabra.

—Tranquilo, no hace falta que digas nada. —Ya lo estoy diciendo yo todo.

Me mira apenado, pero a mí no me da ninguna lástima. En cierto modo, estoy aquí por su culpa. Sí, es verdad que en el avión me pareció un tipo encantador, pero está claro que no fue más que un espejismo. Es un impresentable. No merece que pierda ni un minuto más con él. Al decir esto, recuerdo por qué iba corriendo. Llego tarde.

—¡Mierda!

—¿Puedo ayudarte en algo? —pregunta.

—No lo creo —murmuro. ¿Acaso le importa?—. Me he perdido en este maldito centro comercial y se me ha hecho tarde. Por *eso* iba corriendo.

—Anda, dime adónde ibas, a lo mejor puedo ayudarte. ¿No buscarías esa librería en la que ibas a trabajar? ¿Hoy es tu primer día? —Está intentando ser amable con todas sus fuerzas, pero no cuela.

—Demasiadas preguntas que no te incumben, pero casi aciertas. Sí, busco la librería y no, no es mi primer día, pero he quedado con la encargada para conocerla y voy con retraso —respondo enfurruñada.

—Por una vez creo que puedo ayudarte, déjame que te acompañe, está aquí al lado, he pasado por delante hace un momento —dice solícito.

Suspiro. No me queda otra si quiero llegar a una hora medianamente decente.

—¡Pues venga, que no tengo todo el día!

Echamos a andar y tres minutos después estoy en la puerta.

—Gracias —le digo secamente mientras me dispongo a entrar en la tienda—. Ya nos veremos. O no.

—Espera —dice mientras me coge del brazo—, siento mucho haberte gritado, no era mi intención...

—No te preocupes, que ya estoy acostumbrada a tus malos modos. Y ahora, será mejor que me sueltes, no quiero retrasarme más. —Dicho esto, sacudo bruscamente el brazo para soltarme y, sin volverme, cruzo la puerta.

Una vez dentro, me giro discretamente para mirarlo, pero Miguel ya no está. Vale, es verdad que soy yo la que lo ha embestido y lo ha tirado al suelo, pero es que parece el doctor Jekyll y Mr. Hyde. O es un grosero de cuidado o el tipo más encantador del mundo. Menudo genio. Tiene un pronto muy malo y da la sensación de que solamente le preocupa el trabajo.

Unos golpecitos en el hombro y un marcado acento italiano interrumpen mis pensamientos.

—¿Puedo ayudarla en algo?

Se trata de uno de los empleados de la tienda. Es alto y delgado, bastante moreno de piel y cabello, y tiene una sonrisa Profident. Unas gafas de pasta enmarcan unos bonitos ojos negros. Parece un tipo simpático.

—Pues sí —digo tímidamente—. La semana que viene empiezo a trabajar aquí y había quedado con la encargada, pero creo que he llegado un poco tarde —añado mirando el reloj que ya marca las once menos diez.

Me sonríe.

—*Ragazza*, eres afortunada —dice alegremente—. Nuestra querida encargada, la señora Rivers, odia a los tardones, entre los que me incluyo, pero parece que hoy la suerte está de tu lado.

—¿Y eso por qué?

—Esta mañana ha telefoneado. No se encontraba bien y se ha quedado en casa. Me ha encomendado a mí la ardua tarea de atender a la novata —añade riendo—. Me llamo Simone. Encantado.

Le tiendo la mano.

—Tesa. Lo mismo digo.

—Bueno, bueno, pues lo primero será dar la vuelta de reconocimiento para que conozcas la librería. Mis géneros favoritos son los de ciencia ficción y literatura fantástica. Las biografías también me van y la romántica también. ¡Ah, y la erótica! ¿Cuáles son los tuyos? —pregunta curioso mientras avanzamos por las distintas secciones.

—Ummm, déjame pensar. La novela romántica también, la histórica, de aventuras, me encanta la literatura infantil y juvenil y, al igual que a ti, el género fantástico.

—¿Y no te gustan...?

—No me gusta la novela negra y los libros que escriben los personajes de la tele, los famosillos, para que me entiendas.

—Intuyo que vamos a llevarnos muy bien —sentencia.

Al cabo de dos horas hemos recorrido la librería palmo a palmo, hemos charlado de todo tipo de libros y he conocido al resto de compañeros que, aunque mucho menos entusiastas de la literatura que noso-

tros, son muy agradables. Sentados sobre unas peque-
ñas sillas de madera en medio de la zona infantil y con
una humeante taza de café del Starbucks en la mano,
Simone y yo continuamos la conversación. *Sé* que nos
vamos a llevar bien. De repente veo el reloj y me doy
cuenta de lo tarde que es, tengo que volver a casa, le he
prometido a Neri que comería con ella y ya es la una.

—Simone, tengo que irme ya, he quedado para
comer y...

—Y se te hace tarde, otra vez, pareces el conejo
blanco. —Se ríe de su propio chiste—. Vete ya y coge
fuerzas el fin de semana, el lunes te enseñaré a hacer
pedidos, a cobrar en la caja, a hacer el inventario... Y
recuerda: ¡sé puntual!

CAPÍTULO 6

El doctor Jekyll y Mr. Simone

Tengo una nueva rutina en la que me siento bien. Por las mañanas, desayuno con Neri hasta que ambas nos vamos a trabajar. Luego, cojo el autobús y el metro, y voy a la librería. A mediodía, Simone y yo comemos juntos. Cuando termino de trabajar, vuelvo a casa para cenar con Neri y Piot.

Así, día tras día. Y como los días pasan rápido, se convierten en semanas y, antes de darme cuenta, ya llevo un mes en Boston.

Simone y yo tenemos muchas cosas en común: nos gusta leer, odiamos hacer deporte, nos encanta ir de tiendas y somos adictos a los *realities* de la MTV y a todo tipo de series de televisión: desde *Anatomía de Grey* o *House* a *Mujeres Desesperadas*, *Gossip Girl* o *Juego de Tronos*.

En un abrir y cerrar de ojos nos volvemos inseparables y, de no ser porque es gay, estoy convencida de que sería mi media naranja.

Simone lleva casi dos años viviendo en Boston. Vino a la ciudad porque a Luca, su pareja, le ofrecieron un trabajo como profesor de música en el Berklee College. Él dejó su trabajo en una escuela de Milán donde trabajaba como profesor de literatura para acompañarlo a Estados Unidos. Como tenía un buen nivel de inglés y estudios literarios enseguida encontró trabajo en Barnes & Noble. No es lo mismo trabajar como dependiente que como profesor, pero estaba contento. Contento y enamorado. Vivían juntos en un moderno apartamento en la zona del North End y todo marchaba bien. O eso pensaba él. Hace cuatro meses le dejó por un violinista noruego.

—¡Si hasta me lo presentó en un concierto que organizaron! —me explica—. Era alto, rubio y de ojos azules. Reconozco que estaba realmente bueno. Un auténtico bombón noruego... —Sonríe al pensar en él.

Me asombra que se lo tome con humor. Yo estaría hundida. En un país que no es el tuyo, sin conocer a nadie... ¿Pero acaso no estoy yo igual? Y, al fin y al cabo, tampoco lo llevo tan mal.

—¿Por qué no volviste a Italia?

—¿Cómo puedes hacerme esa pregunta? ¿Por qué estás tú aquí? Por lo mismo que yo —afirma rotundamente—. Si volviera a Milán no encontraría un trabajo decente y aquí ya tenía el permiso de trabajo.

Asiento con la cabeza.

—Además, la librería no está tan mal y la ciudad me gusta. Es cierto que ahora vivo solo en un apartamento del que casi no puedo pagar el alquiler, que mi familia y amigos no están aquí, pero no me quejo.

—Ya, yo tampoco —digo pensando que en Valencia posiblemente no hubiera encontrado trabajo ni en un Burger King.

—Quizá, cuando lleves ya un tiempo en la ciudad podrías mudarte a mi piso, venirte a vivir conmigo —dice como quien no quiere la cosa.

Lo miro, sorprendida y agradecida al mismo tiempo por la invitación. Me siento cómoda con Neri y Piot, pero el apartamento de Simone está a tan solo unas paradas de metro de distancia del trabajo, está cerca de Quincy Market y del mar...

Eso y que somos de la misma edad. Ya nos imagino por las noches: pidiendo comida para llevar, tratando de emular a los bailarines de *America's Best Dance Crew* y viendo los últimos capítulos de nuestras series favoritas.

—¿Lo dices en serio?

—¡Toma, pues claro! —exclama—. Necesito una compañera de piso y tú eres casi mi alma gemela. Lo pasaríamos en grande.

Le miro alborozada.

—Además, no debería aprovecharme de la hospitalidad de Neri y Piot durante mucho más tiempo, han sido muy amables de acogerme en su casa, pero tengo que empezar a aprender a sacarme las castañas del fuego.

—Exacto, jovencita. Es hora de que abandones el nido.

Me río.

—Está bien, me mudaré a tu piso, pero... —digo pensativa.

—¿Pero qué? ¿Que no deje la tapa del váter levantada?

—No. Es algo más importante que eso.

—¿Es que hay algo peor para una tía que que dejemos la tapa del váter levantada? —pregunta incrédulo.

—No, no creo que haya nada peor —afirmo—. Es solo que, si vamos a vivir juntos...

—¡Suéltalo ya!

—Pues que espero que seas de Blair y no de Serena... —respondo entre risas

—Cariño, si hay una auténtica reina del Upper East Side esa es Blair Waldorf. ¿Cómo has podido dudarlo siquiera? —dice escandalizado.

—¿Sabes que si no fueras gay podría enamorarme de ti?

Me mira y sacude la cabeza.

—Menos mal que lo soy. No sé si estaría a la altura de competir con ese piloto tan atractivo y del que tanto me has hablado. Aunque quizá sí podría superar al tipo que te acompañó el primer día a la tienda... Por cierto, ¿quién era?

No puedo creerlo, apenas estuvo unos segundos conmigo en la entrada, ¿cómo pudo fijarse?

—Será mejor que vayas al Starbucks a por dos cafés. Esta historia es más larga que la del piloto.

Simone echa a correr como si le fuera la vida en ello. No hay nada que le guste más que un buen cotilleo.

Al principio, Neri se lleva un buen disgusto cuando le digo que me mudo —por no hablar de mi madre, que está escandalizada de que me vaya a vivir con alguien a quien tan solo hace un mes que conozco—, pero tras invitar a comer a Simone un domingo a casa tiene que admitir que voy a estar mejor con él y que es normal que quiera ser yo quien pague mi alojamiento y mis gastos. Eso sí, nos hace jurar que vendremos los domingos a comer con ellos.

Simone, que es un glotón, lo hace satisfecho. Y a mí no me queda más remedio que aceptarlo, se han portado muy bien conmigo y no puedo hacerles ese feo.

Como Neri da su consentimiento, a mi madre no

le queda otra que aguantarse y, tras presentarle a mi nuevo compañero de piso en una conversación por el Skype, nos da su bendición.

Después de los cafés, recogemos mis cosas, Piot las carga en su coche y nos acerca al apartamento. Mi nueva habitación es algo más pequeña que la de casa de Neri y tengo que compartir el baño con Simone, pero el salón es precioso. Tiene unos ventanales que dan al mar y una cocina americana totalmente nueva. Las paredes están llenas de estanterías lacadas en blanco que rebosan libros, revistas y DVDs y frente a la elegante *chaise longue* de color crudo hay una enorme televisión de plasma colgada en una pared de ladrillo.

Los días siguientes los pasamos redecorando mi habitación: la pintamos de blanco, compramos cortinas y un edredón nuevo en tonos azules, un par de cuadros, una alfombra y hasta un pequeño sillón de ratán que coloco junto a la ventana.

El cambio de casa me sienta estupendamente, Simone es el hermano que nunca he tenido y, con él, los días dejan de ser rutinarios y aburridos: pasamos noches tranquilas en casa viendo la tele, salimos a correr juntos por las tardes —aunque con nuestra forma física podría decirse que, más bien, paseamos—, vamos de compras, visitamos museos y exposiciones... También comemos pasta en todos los restaurantes italianos de la ciudad y buscamos un restaurante español decente sin éxito, lo que me obliga a cocinar, si podemos llamarlo así, todos los platos de la gastronomía española que Simone quiere probar. Obviamente, decidimos que la tortilla de patatas es el único que soy capaz de preparar decentemente.

La tortilla supone la organización de una excursión hasta Newport con picnic incluido y conocer a los amigos de Simone que, como no podía ser de otra forma, me resultan simpatiquísimos. Paseamos por el puerto que albergó la America's Cup y no puedo evitar sentir nostalgia de mi tierra, curioseamos sus pintorescas tiendas y recorremos las majestuosas mansiones que nos hacen sentirnos como aquellos protagonistas de *The OC*.

Poco a poco, siento que el cambio de aires me está beneficiando. Me siento bien porque, aunque dedico muchas horas al trabajo, también hago otras cosas. Siento que he despertado de un largo sueño, que he salido del letargo en el que estaba sumida y que empiezo a disfrutar de la vida.

Hablo con mis padres con frecuencia y, exceptuando las broncas de mi madre que prácticamente exige saber cuántos kilómetros he corrido y cuántas calorías he ingerido cada semana, están contentos porque ven que yo lo estoy. Lo de María es otra historia.

Me resulta muy difícil hablar con ella por el Skype porque entre sus turnos en el aeropuerto y la diferencia horaria es casi imposible coincidir. Echo de menos nuestras conversaciones, así que le envío largos e-mails contándole, con todo tipo de detalles, mi nueva vida, pero solamente recibo de ella breves respuestas en las que me dice lo mucho que se alegra por mí.

Me siento culpable. Ella siempre me ha apoyado y ahora que me necesita yo no estoy ahí. No puedo dejar de pensar que Pablo tiene mucho que ver en su estado de ánimo a pesar de que diga lo contrario. Me apuesto lo que quieras a que la dichosa exposición de Madrid es la culpable. Tomo nota de poner una fecha para hablar con ella y que me cuente qué le pasa.

Estamos ya en octubre y Halloween se acerca. La señora Rivers decide que Simone y yo somos los más creativos, así que nos encarga la tarea de decorar la tienda y de cambiar un poco los escaparates y poner libros acordes a la festividad.

Tras sacar del almacén una barbaridad de cajas, inundamos la tienda de telarañas, calabazas sonrientes, brujas y murciélagos que cuelgan del techo y todo tipo de muñecos horripilantes. Después, nos disponemos a preparar el escaparate con las mejores historias de terror de todos los tiempos. Los dos nos sentamos en el suelo, con un montón de libros alrededor tratando de decidir cuáles seleccionar.

—Bueno... —digo pensativa—, no soy ninguna experta en este género, pero creo que no deberían faltar los clásicos. Ya sabes, Edgar Allan Poe o Bram Stocker, por ejemplo.

—Cierto, los clásicos nunca fallan. No te dejes a Mary Shelley y a Robert Louis Stevenson...

—*El doctor Jekyll y Mr. Hyde*, ¿eh? ¿Es una indirecta?

Lo primero que me viene a la mente al pensar en ese título es Miguel.

—Eres tú la que ha sugerido los clásicos, no yo, cariño —responde Simo—. Si te lo tomas como una indirecta es porque ese tipo, por desagradable que sea, te interesa...

Lo miro incrédula. ¿Interesarme? Puede que por un breve lapso de tiempo llegara a engañarme con su falsa amabilidad, pero ya lo he calado y no me interesa lo más mínimo. Además, desde el día del encontronazo no he vuelto a saber nada de él.

—Céntrate en lo que estamos haciendo, ¿quieres? —respondo desviando la conversación—. Tampoco puede faltar algo de Stephen King.

Simone asiente.

—¿Y qué me dices de *Crepúsculo*? —Apila las cuatro novelas de la saga y las coloca en un lugar preferente del escaparate—. No son vampiros ni hombres lobo al uso, pero encantan a las adolescentes —se justifica.

—Solo a las adolescentes...

—Bueno, a mí también me gustan un poquito —replica—, pero solamente desde que vi a Jacob en la gran pantalla.

De repente se gira hacia mí con una mirada inquisidora.

—Espero que seas de Jacob y no de Edward.

—¿Por quién me tomas? ¿Crees que puedo preferir al pálido y lánguido Edward antes que al musculado y viril Jacob?

Suspira aliviado.

—Menos mal. Pero es que en cuestión de hombres no me parece que vayas muy bien encaminada. —Levanto la cabeza sorprendida por esa afirmación—. No me mires así, sé perfectamente lo que digo. He visto las fotos de tu amado piloto. Ese que no te ha escrito ni un e-mail desde que llegaste. —Lamentablemente eso es cierto—. Y vi con mis propios ojos al doctor Jekyll. Por cierto... —De repente se calla, dudando si hablar o no.

—¿Qué? —pregunto exasperada por el rumbo que está tomando la conversación.

—Nada, es solo que... hace un par de días pasó por aquí.

—¿Quién?

—¿Quién va a ser? El doctor Jekyll. O quizá fuera Mr. Hyde. Eso no lo tengo claro. Pero fue muy agradable.

Vaya, qué sorpresa.

—Y preguntó por ti.

Retiro lo dicho. Esto sí es una sorpresa.

—¿Por mí?

—Ajá.

—¿Podrías dejar de ser tan misterioso? —lo increpo—. ¿Y se puede saber por qué no habías mencionado esto antes?

—Pues porque pensé que no te interesaba —dice con aires de suficiencia—, pero después de escucharte nombrarlo ya no estoy tan seguro.

¿Cuántas veces tendré que repetírselo?

—No me interesa.

Me mira y pone los ojos en blanco.

—Claro, lo que tú digas.

No soporto cuando se pone en ese plan. ¿Qué sabrá él?

—¿En algún momento piensas contarme lo que te dijo?

—Vale, vale. En realidad, la cosa no es para tanto.

—Simone...

—Fue en tu día libre. Lo vi entrar por la puerta y me acerqué para atenderlo... —Ya me imagino a Simo abalanzándose sobre él para sacarle información—. Se llevó una guía de Boston, de esas pequeñitas que llevan un plano. Y un par de libretas, poca cosa. Estuvimos charlando un poco.

Probablemente la frase adecuada sería: «Estuve interrogándolo un poco».

—Me comentó que llevaba poco tiempo en la ciudad y que hasta ahora el trabajo no le había dejado mucho tiempo para hacer turismo. Lo mandé subirse a uno de los *Ducks*, ya sabes, esos vehículos que te dan una vuelta por la ciudad y se meten en el río...

No puedo evitar soltar una carcajada al imaginarme a Miguel, con su impecable traje de chaqueta y su pelo engominado, subido a uno de esos trastos rodeado de guiris obsesionados con fotografiarlo absolutamente todo, niños gritones que no le dejan estar a uno tranquilo y estrafalarios conductores que creen que son graciosos.

—¿Cómo se te ocurre sugerirle algo tan... tan de turista a un tipo como él?

—A mí me encantan los *Ducks*. Esos vehículos de la Segunda Guerra Mundial me parecen encantadores...

—Vale, la verdad es que son monos. Pero no creo que sean su estilo... ¿Qué más le dijiste?

—Bueno, le pregunté si ya conocía gente. Me dijo que, a excepción de sus nuevos compañeros de trabajo, todos casados y con hijos, no conocía a nadie.

—¿Cómo que no conoce a nadie? ¿Y yo qué soy?

—Después de cómo lo has tratado no creo que te considere una amiga precisamente... —replica Simone.

—¿Amiga? Por supuesto que no soy su amiga —respondo irritada—, pero después de nuestros últimos encuentros, no creo que deba decir que no me conoce.

—¡Oh! No te preocupes por eso. Ya se lo dije yo.

—¿¿¿Qué???

—Tranquila, fui muy sutil.

Claro, como si esa fuera una de sus cualidades.

—Le insinué que me sonaba su cara, que si había venido antes a la tienda. Pareció un poco sorprendido, pero me dijo que sí, que hacía más o menos un mes que había pasado por aquí. Que había conocido en el vuelo hacia Boston —creo recordar que ya os conocíais de antes— a una chica que iba a trabajar aquí. Entonces me preguntó si yo te conocía.

—Solo falta que me digas que te dio recuerdos para mí...

—Creo que le hubiera gustado, pero no se atrevió.

Sí, eso sería.

—Por cierto, Tesa...

—¿Qué, Simone? ¿Hay algo más que no me hayas contado? —Este es capaz de haberle dicho cualquier cosa.

—Pues...

Me estoy asustando.

—Lo vi tan solo que me dio un poco de pena. Parecía triste.

—Al grano. —Ahora estoy empezando a cabrearme.

Simone traga saliva y, finalmente, lo suelta.

—Le dije que ahora compartías piso conmigo y que estábamos pensando dar una fiesta de Halloween en casa, así que, lo invité.

Cierro los ojos e intento mantenerme tranquila. ¿Cómo demonios se le ha ocurrido? No puedo creerlo. Lo que me faltaba.

CAPÍTULO 7

La noche de Halloween

Han pasado dos semanas desde que Simone me soltó la bomba. A pesar de que he intentado mostrarme enfadada con él ha sido imposible: pasamos demasiado tiempo juntos y es mi único amigo de verdad en Boston. Además, ¡tenemos tanto que hacer!

La preparación de la fiesta nos trae de cabeza. El menú es lo que decidimos con mayor rapidez. Vamos a preparar una cena bufé italo-española: habrá fiambre, *mozzarella,* tortilla de patata —algo tenía que cocinar yo— y varios boles de pasta fresca todo regado con vino y refrescos. Lo mejor será el postre: el maravilloso tiramisú que prepara Simo, receta de su abuela.

La encargada de la decoración soy yo. Quiero que

la casa tenga un aspecto tétrico pero estiloso, así que la idea es llenar el techo con esas telarañas falsas que quedan tan graciosas y no utilizar las lámparas. He comprado velas blancas de todas las formas y tamaños y las colocaré estratégicamente por el salón. Neri me ha prestado un candelabro antiguo que llevaré en la mano cuando abra la puerta para recibir a la gente. Y, para no olvidarnos de las tradiciones, pondremos un par de calabazas sonrientes en la puerta.

Hemos invitado a los amigos de Simone y a los compañeros de la librería. Ah, me olvidaba, también está Miguel... Aunque, la verdad, como no hemos vuelto a saber nada de él, dudo que venga. ¿Para qué querría venir a una fiesta en la que no conoce a nadie? Bueno, me conoce a mí, pero, ¿para qué querría ir alguien a casa de una persona con la que no se lleva bien?

Desde luego, yo no.

Cada día que pasa me convenzo más a mí misma de que no vendrá y, al final, consigo relajarme y olvidarme de él.

Tras barajar otras opciones, como por ejemplo, la Novia Cadáver, finalmente me he decidido por un clásico como la familia Adams. Sé que en Estados Unidos no es necesario disfrazarse de personajes de este tipo, pero prefiero mantenerme fiel a mis costumbres. Hace un par de días estuve charlando, ¡por fin!, con María y me preparó el conjunto: falda plisada negra, blusa blanca con lazo de raso negro al cuello, medias blancas y bailarinas de lentejuelas negras. El pelo recogido en dos trenzas y maquillaje pálido con *smokey eyes*. Seré una Miércoles Adams con clase.

María estaba de muy buen humor.

—Ya verás, vas a estar divina —dijo risueña—. No sabes cuánto me alegro de que todo te vaya tan bien.

—Yo también —respiré aliviada porque, por su tono de voz, noté que estaba bien—. Los amigos de mis padres se han portado estupendamente conmigo, pero conocer a Simone ha sido maravilloso. Un soplo de aire fresco.

—Una pena que sea gay —se lamentó María—. Si me hubieras llamado y me hubieras contado que te habías echado un novio italiano me habría muerto de envidia...

—Perdona, bonita, pero con un novio como Pablo no tienes motivos para tener envidia de nadie —le dije, esperando que me aclarase cómo estaba su relación.

—Ay —suspiró—. Es cierto. Pablo es maravilloso. Y últimamente pasamos mucho tiempo juntos. Hasta dentro de un par de semanas no tendrá que volver a Madrid, y será solo un día o dos. La inauguración de la exposición se retrasará un poco y, gracias a eso, no está tan estresado.

—Te echo de menos —le dije—. ¿Cuándo vas a venir a verme?

—Tesa —replicó muy seria—, ahora que Pablo no está continuamente yendo a Madrid no voy a marcharme yo de viaje...

¡Pues vaya! Me hubiera encantado que viniera de visita, con los billetes por ser empleada de línea aérea le hubiera salido muy barato.

Estoy un poco decepcionada, pero no quiero presionarla ahora que parece que está bien, ya vendrá más adelante. La verdad es que no entiendo a ese chico, prefiere no ver a su novia durante semanas por mantener la sorpresa de su exposición cuando ella podría estar con él perfectamente. O llevársela a Madrid y que ella se fuera de tiendas mientras él trabaja. No lo veo tan extraño.

Y tampoco la entiendo a ella. María era una de las personas más independientes que he visto en mi vida y, ahora, se ha vuelto completamente dependiente. Espero que Pablo merezca realmente la pena.

Ahuyento todos estos pensamientos y me centro en la fiesta de esta noche. Simone está trabajando y tiene que pasar por el supermercado a por algunas cosas de última hora antes de venir a casa, pero me quedan un par de horas con el baño para mí sola antes de que regrese.

Aprovecho y me preparo para una sesión de spa casero. Cojo unas cuantas velas, las coloco sobre la repisa del lavabo y lleno la bañera de agua caliente. Me recojo el cabello en un moño alto y me aplico una mascarilla en la cara. Coloco el iPod en el altavoz, pongo un poco de música *chill out* y me meto en la bañera. Qué gustazo.

No han pasado ni cinco minutos cuando suena el timbre de casa. ¡Vaya fastidio! Simone tiene por costumbre olvidarse las llaves de casa. Probablemente ha salido antes de la tienda y ha decidido pasar por casa antes de ir al supermercado. Salgo de la bañera, me enrollo con la toalla y salgo corriendo por el pasillo. Cuanto antes le abra la puerta, antes volveré a la bañera. No quiero que el agua se enfríe.

—¡Ya voy!

Abro la puerta de golpe, sin preguntar.

—Hola.

Miguel. ¡Mierda, mierda, mierda! ¿Por qué me pasa todo a mí? Se suponía que no iba a venir... Bueno, yo suponía que no iba a venir. Y aunque viniera, ¿por qué tan pronto?

Va vestido de gánster y, como siempre, lleva el pelo engominado. He de reconocer que, aun así, está muy guapo. De repente, me doy cuenta de que me está mirando de arriba abajo. Sonríe. Joder, no llevo puesta más que una toalla. Mentira: una toalla y una mascarilla verde sobre la cara.

—¿Vas a disfrazarte de La Masa?

Definitivamente, este tipo es gilipollas.

—No, de Elphaba, del musical de *Wicked* —le espeto—. ¿Tú qué crees? Es una mascarilla, me estaba arreglando...

Estoy tentada de darle con la puerta en las narices. Me contengo porque la diferencia entre él y yo es que yo tengo clase y él no. Cojo aire.

—¿No crees que llegas un poco pronto? Los invitados no llegarán hasta las nueve... ¡son las seis! Simone, que es quien te ha invitado —recalco—, no llegará hasta las ocho.

Me mira confuso.

—Pero él me dijo que...

—No sé lo que te dijo Simone, pero es más que evidente que se equivocó... De hecho, se equivocó de pleno al invitarte a nuestra fiesta —le digo maliciosamente.

Su rostro se vuelve inexpresivo.

—Tienes razón. No sé por qué he venido. Pensé que quizá podíamos empezar de cero y ser amigos, pero está claro que el que se equivocaba era yo.

Se da la vuelta y se dispone a marcharse. De repente me siento mal conmigo misma.

Vamos, Tesa, tú no eres así. ¿Realmente tenías que ser tan borde?

—Espera...

Se gira y me mira sin saber muy bien qué decir. Finalmente me tiende la mano y lo intenta de nuevo.

—¿Borrón y cuenta nueva?

Espero no tener que arrepentirme de esto.

—Borrón y cuenta nueva. —Le doy la mano. La mano con la que estaba sujetando la toalla.

—Por cierto... —me indica entre risas—, si este va a ser tu disfraz para esta noche, vas a ser el éxito de la velada.

La toalla está en el suelo. Me apresuro a recogerla y me tapo a toda prisa. En ese momento, aparece Simone en la puerta. Nos mira a Miguel y luego a mí.

—¡Tesa! ¿Es que no piensas invitarlo a entrar como hacen las señoritas educadas? —Lo miro furibunda, todo esto es culpa suya—. Por cierto, no sabía que ibas a disfrazarte de La Masa —dice entre risas.

Lo mato.

La llegada de Simone a casa me ha salvado de pasar dos horas a solas con Miguel. Los dejo en el salón, terminando de preparar la mesa del bufé, mientras yo voy a arreglarme. Vacío la bañera. Está claro que mi baño relajante se ha terminado. Me doy una ducha y me termino de preparar rápidamente. Cuando salgo al salón veo que ya está todo listo: las velas encendidas, la mesa puesta... están sentados en la *chaise longue* bebiendo vino. Se giran a la vez. Mis ojos se cruzan con los de Miguel, pero no soy capaz de sostenerle la mirada, así que dirijo la vista a Simo.

—Cariño, para haberte disfrazado de un miembro de la familia Adams —dice mientras se levanta para observarme de cerca—, ¡estás divina! Realmente encantadora.

Suelto una risita.

—¿Eso crees?

—¿Cuándo te he engañado yo? —pregunta alborozado.

Prefiero no responder a eso. No es que pueda llamarse engaño, pero en todo el asunto de Miguel creo que Simone ha jugado sucio tratando de hacer de celestino. Me giro para mirarlo. Está inmóvil, con la copa en la mano, mirándome fijamente sin decir nada.

Simo interrumpe mis pensamientos.

—¿Qué opinas, Miguel? ¿Qué te parece el disfraz?

—Estás increíble —dice manteniendo sus ojos fijos en los míos—. Aunque... si quieres que te sea sincero, prefería el disfraz con el que me has recibido —dice con sorna.

Simone ahoga una risita. ¡Será gilipollas! No lo soporto. Me dirijo a la cocina y saco del armario otra copa de vino.

—¿Dónde está la botella? —pregunto como si no hubiera escuchado su comentario.

Señalan la nevera. La abro y me sirvo una copa bien fría. Doy un sorbo. Ahora me siento mejor. En ese momento me doy cuenta de que Simone todavía no se ha disfrazado. No sé de qué personaje va a ir, se ha negado a contármelo, pero me ha prometido que me encantará. Se levanta y se va a su habitación para cambiarse dejándome sola ante el peligro.

—Siento mucho haber llegado tan temprano —se disculpa Miguel—. Debí de entender mal la hora...

—Sí, todavía falta un rato para que llegue la gente —sacudo la cabeza, tratando de quitarle importancia—. Es igual, no te preocupes. ¿Cómo es que te decidiste a venir?

—El día que conocí a Simone había ido a la tienda a disculparme contigo. —Lo miro sorprendida, pero él no se inmuta y sigue hablando—. Por la forma en la que te traté el otro día, cuando nos vimos...

Frunzo el ceño. ¿Solo el otro día?

—Sí —dice como si leyese mis pensamientos—, y especialmente por cómo me comporté el día del aeropuerto...

Eso ya está mejor. Por lo menos sabe que lo ha hecho mal.

—Tuve tan mala suerte que era tu día libre. Pero Simone fue muy amable. Me dijo que hoy celebrabais una fiesta y que sería más fácil que aceptases mis disculpas.

Tomo nota mental de hablar con Simo de esto. Al parecer, se ha olvidado de mencionar algunos detalles importantes de la conversación que mantuvieron.

—Y, además, desde que llegué a Boston no hago más que trabajar. No he tenido la posibilidad de conocer a mucha gente y pensé que, incluso si no me perdonabas, sería una buena oportunidad de distraerme un rato.

Vale, Tesa, acéptalo. No es tan malo. Y tampoco es que tú conozcas a tanta gente aquí. ¿Qué daño puede hacerte perdonarlo? Un amigo más nunca viene mal.

—Bueno, acepto tus disculpas. —Sonrío.

—Brindemos por ello —dice levantando su copa alegremente—. Por los nuevos comienzos.

—Por los nuevos comienzos... —musito tímidamente.

—¡Vaya, vaya, vaya! ¿Qué celebramos? —Simone nos hace pegar un brinco del sofá.

Va disfrazado de Harry Potter. No le falta detalle: la capa y el uniforme con los colores y el escudo de Gryffindor, las gafas redondas, la varita y, no podía faltar, la cicatriz en la frente. Aun así, hay algo que no me cuadra...

—¡No puedo creer que prefieras a Harry antes que a Ron! —exclamo.

—¿Quién te ha dicho que lo prefiera?

Le hago un gesto con la cabeza, recordándole de quién se ha disfrazado.

—Bueno, si quería ser pelirrojo tenía dos opciones: teñirme o usar una peluca. La primera estaba completamente descartada por motivos obvios y en cuanto a la segunda... ¿tú sabes lo que pican las pelucas?

Miguel y yo nos reímos. Bueno, dentro de poco empezará a llegar la gente. Casi estoy nerviosa. ¡Mi primer Halloween en Estados Unidos y lo celebro nada menos que con una fiesta en mi casa! Apagamos las luces y nos preparamos para recibir a los invitados.

Los amigos italianos de Simo llegan los primeros. A ellos los conozco del día de la excursión a Newport: están Daniele y su novia Chiara, que son una pareja encantadora y van disfrazados de Shrek y Fiona; luego están Antonella y Flavio, que se pasan el día discutiendo por tonterías y que van de todo un clásico: *Grease*; y por último está Renato, extremadamente atractivo e inexplicablemente soltero a pesar de que causa estragos entre las mujeres, disfrazado de Tom Cruise en *Top Gun*. ¡Hoy liga seguro! Han traído consigo algunos amigos más, con lo que, poco a poco, la casa va llenándose de gente.

Los compañeros de la tienda tampoco fallan, incluida nuestra encargada, la amable señora Rivers. Hoy representa un papel contrario a ella porque, a pesar de que ni es un demonio ni viste de Prada, está estupenda con su peluca rubia y gafas de sol, disfrazada de Anna Wintour. Ha venido acompañada por su marido, un atractivo cincuentón de cabello canoso que, también, va disfrazado de gángster. ¡Qué poco originales son algunos hombres!

Entre los invitados, Simone vislumbra a un joven con una peluca naranja que parece haber tenido casi la misma idea que él, ya que va disfrazado de Ron. Se apresura a acercarse a él y, momentos después, los veo sentados en el sofá, charlando y riendo.

La fiesta transcurre en armonía. Bebemos, comemos y bailamos sin parar. Y abrimos la puerta para darles caramelos y chocolatinas a los niños de nuestros vecinos que pasan por casa para hacer el tradicional truco o trato.

Desde la entrada, observo a Miguel, que se ha integrado con la gente sin problemas. Charla animadamente con Daniele y Chiara y ¡hasta lo he visto bailando en un par de ocasiones! Me pregunto cómo sería nuestra relación ahora si no lo hubiera atendido yo aquel día en el aeropuerto. ¿Lo miraría con otros ojos? ¿Me gustaría?

Entonces me doy cuenta de que, si yo no lo hubiese atendido, nunca me habrían despedido. Nunca habría venido a Boston. Nunca habría conocido a Simone. Nunca lo habría conocido a él.

A lo mejor tenía que pasar. Quizá ha sido cosa del destino. Necesitaba un cambio en mi vida y lo he tenido. Mi vida en Valencia estaba estancada y probablemente hubiera seguido así mucho tiempo. De repente, se da cuenta de que lo estoy mirando y me sonríe.

La verdad es que es muy atractivo. Se acerca a mí. ¿Cómo besará?

—¿Puedo interrumpir tus pensamientos?

Sí, por favor. Será mejor que lo hagas porque estoy empezando a pensar tonterías. ¿Se puede saber qué hago pensando en besos? Una cosa es que lo haya perdonado y podamos llevarnos bien y otra muy distinta que empiece a gustarme.

—Lo estoy pasando muy bien —dice—, pero hace un poco de calor. ¿Te apetece salir y dar una vuelta?

—¿Así vestidos?

—Bueno, en una fecha como la de hoy no creo que a nadie le sorprenda mucho nuestro atuendo...

Levanto los brazos al aire.

—Está bien. Tú ganas.

Cojo las llaves de la repisa del recibidor y le hago un gesto a Simone, que sigue charlando con Ron, para indicarle que salimos. Simo me mira con los ojos como platos y una sonrisa de oreja a oreja mientras me despide con la mano. Luego, sigue a lo suyo.

Caminamos sin rumbo fijo y en silencio. Ya es tarde y las calles están desiertas. Excepto por un par de personas que, como nosotros, también van disfrazadas, no nos cruzamos con nadie. De repente, se me tuerce el tobillo izquierdo y me tropiezo. Estoy a punto de caerme al suelo, pero Miguel se adelanta y me sujeta.

—Parece que tienes por costumbre esto de caerte

—murmura, recordando nuestro encontronazo en el Prudential.

El comentario, aunque sé que no es más que una simple broma, hace que esté a punto de enfadarme de nuevo. Entonces caigo en la cuenta. Él no sabe que me despidieron. Cree que he venido a Boston porque he querido. Si lo hubiera conocido hoy, realmente me hubiera caído bien.

Él no tiene la culpa. Puedo culparlo por cómo me trató, pero por nada más. Y, en cuanto a eso, ya se ha disculpado muchas veces. No puedo seguir enfadada eternamente.

—Sí, debe de ser que haces que me flojeen las piernas —respondo en broma.

—Me alegro de haber aceptado la invitación de Simone.

—Y yo de que la hayas aceptado.

Se gira hacia mí, gratamente sorprendido.

—Me alegro de oírlo. ¿Te apetece que vayamos hacia el muelle?

—Claro, ¿por qué no?

Me apetece escuchar el murmullo del mar. Me relaja. Nos acercamos hasta donde salen los barcos para ver ballenas.

—¡Mira! —señalo los carteles que anuncian las excursiones—. Un día podríamos hacerla. La única ballena que he visto ha sido la beluga del Oceanográfico de Valencia.

—Yo creo que ni siquiera esa la he visto. El trabajo me dejaba poco tiempo para salir —suspira—. La verdad es que aquí tengo más tiempo para mí.

—¡Pues entonces hay que hacerla! —replico ilusionada—. Y también tienes que visitar alguno de los pueblecitos de la costa. Hace dos semanas estuve con Simone y unos amigos en Newport. ¡Es precioso! Podemos ir a Cape Cod. O subir hasta Maine... Hay un pueblo con mucho encanto, donde es típica la pesca de langostas. Creo que se llama Kennebunkport. Y se puede hacer una ruta para ver todos los faros. O podemos...

—Podemos hacer muchas cosas...

Desde que me he tropezado, no le he soltado el brazo. Me atrae hacia él y me acaricia la mejilla. Lo miro a los ojos, sabiendo exactamente lo que va a suceder a continuación. Y no me importa. Quiero que lo haga...

Sus labios apenas han rozado los míos cuando, de repente, suena mi móvil y, sobresaltada, me aparto de él.

—Disculpa... —musito avergonzada mientras busco el teléfono en el bolso.

Lo saco y veo que tengo un mensaje en el *whatsapp*.

¡Hola Tesa! ¿Qué tal por EE.UU.? Ha salido la programación de diciembre. ¿Adivinas quién va a vo-

lar a Boston a principios de mes? ¡Exacto! Tengo ganas de verte. Un beso.

Me quedo paralizada con el móvil en la mano. Todo lo que ha pasado en las últimas horas parece esfumarse por completo de mi mente. Solo puedo pensar en una cosa o, mejor dicho, en una persona: Roberto. ¡Roberto va a venir a Boston! ¡Dentro de poco más de un mes voy a ver a Roberto! ¿Qué importa que no me haya escrito en todo este tiempo? ¿Qué importa que no se despidiera de mí? ¿Qué importa que estuviera besando a una azafata? ¡Dentro de un mes estaré paseando por estas mismas calles del brazo de Roberto!

—¿Va todo bien? —pregunta Miguel acercándose a mí—. ¿Ha pasado algo?

Estoy tan inmersa en mis pensamientos que ni lo escucho.

—¿Qué decías?

—Que si estás bien —dice con preocupación—. ¿Has recibido malas noticias?

No puedo evitar sonreír.

—Al contrario.

—¿Y puedo preguntar de qué se trata? Las alegrías hay que compartirlas.

No estoy segura de que vaya a compartir esta alegría conmigo, pero estoy demasiado emocionada como para no decirlo.

—Un amigo de la compañía aérea en la que trabajaba va a venir a Boston.

—¿Era compañero tuyo en el aeropuerto y viene de visita?

—No, no. Él es piloto —respondo dándole importancia—. Hace vuelos internacionales y dentro de un mes volará a Boston.

—Ah.

—Tengo tantas ganas de verlo... —Me sonrojo sin darme cuenta.

Miguel permanece de pie, a mi lado. Inmóvil. Incapaz de continuar donde lo ha dejado porque sabe que el momento ha pasado.

Me alegro de que el mensaje nos haya interrumpido. Puede que, por un momento, me haya sentido atraída por él, pero es Roberto quien me gusta de verdad.

Miguel y yo podemos ser amigos.

—¿Te importa si volvemos a casa? —le pregunto súbitamente.

—Claro que no. Además es tarde y mañana tengo que mirar unas cosas del trabajo —dice restándole importancia a lo que ha pasado.

Acelero el paso. Quiero llegar a casa cuanto antes para contárselo a Simo. ¡No se lo va a creer!

Miguel me acompaña a casa y me deja en el portal con la promesa de volver a vernos pronto. De repente me percato de que no le he dado mi número. ¡Bah, qué importa! Ahora tengo cosas más importantes en las que pensar.

Busco a Simone con la mirada y lo encuentro en el mismo sitio donde lo he dejado. Me acerco y le doy unos golpecitos en el hombro.

—¿Puedo robártelo unos minutos? —le pregunto a Ron, que asiente al instante—. Tengo que contarte algo —le susurro a Simo mientras su nuevo amigo se levanta y se acerca a la mesa a por algo de comer.

La noticia no le entusiasma lo más mínimo. Es más, ¡hasta se enfada conmigo!

—¡No lo entiendo! ¿Qué diablos le ves a ese piloto?

No lo soporto. ¿Quién es él para decirme quién me tiene que gustar?

—¿Es que no has visto sus fotos? —pregunto molesta.

—Sí, vale, es guapo. —A regañadientes añade—: Muy guapo. Y es piloto, pero ¿qué más tiene?

—¡Qué sabrás tú? ¡Ni siquiera lo conoces! ¡No le has dado ni una oportunidad!

—Puede que no lo conozca personalmente. Pero sé cómo son los tipos como él. No se despidió de ti cuando te fuiste y en todo este tiempo no has sabido nada de él. Deberías saber que lo único que va a querer de ti cuando venga es llevarte a la cama.

Lo miro furiosa.

—No me mires así. Sabes que es cierto. Te llevará

a la cama y tú caerás rendida a sus pies. Luego volverá por donde ha venido y si te he visto no me acuerdo. Tendrás que dar gracias si vuelve a avisarte la próxima vez que venga a Boston.

—¿Es que no valgo lo suficiente? ¿Por eso a lo máximo que puedo aspirar es a un polvo de una noche? —pregunto furibunda

—Yo no he dicho eso.

—Pero lo has insinuado.

Simone sacude la cabeza.

—Mira que eres cabezota. —No puedo evitar esbozar una ligera sonrisa—. Tú vales mucho. Si no fuera así no te habría elegido como compañera de piso.

Definitivamente, no lo soporto. Soy incapaz de estar enfadada con él más de cinco minutos.

—Entonces, ¿a qué te refieres?

—Mira, estoy convencido de que ese tal Roberto sabe que estás colada por él, y es posible que le gustes, pero no tanto como para empezar una relación seria contigo... —Antes de que pueda interrumpirlo añade—: Así que, mientras has vivido en Valencia ha mantenido las distancias y ha sido tu amigo, pero ahora que estás a nueve horas de vuelo de distancia, ¿qué le impide pasar una noche contigo y luego volver por donde ha venido?

Visto así puede que tenga algo de razón.

—Vives inmersa en tus fantasías, incapaz de valorar lo que tienes delante.

Alguien como Miguel.

—Exacto, Miguel. —Es como si Simone pudiera leerme la mente—. ¿Es que no te gusta?

¿Que si me gusta? Decir que no me gusta sería mentir. Pero, ¿y decir que sí?

—Bueno...

—Dime que hoy no has sentido nada por él y te dejaré en paz.

Vale, eso sí que sería mentir.

—¡Lo sabía, lo sabía!

—No he dicho nada. No he dicho que me guste.

—Eso ya lo veremos —replica con suficiencia.

Pongo los ojos en blanco. Cuando se le mete algo entre ceja y ceja no hay quien se lo saque. Sin más, se levanta y se va en busca de su nuevo amigo.

CAPÍTULO 8

Un encuentro inesperado

La mañana siguiente descubro que Ron —todavía no sé su verdadero nombre, aunque estoy segura de que pronto me hartaré de escucharlo— es rubio y que ha pasado la noche en casa.

Simone descubre que se ha enamorado.

Parecen dos adolescentes. Sentados en los taburetes de la cocina se dan el uno al otro los restos de tiramisú mientras se miran embelesados. La imagen es demasiado empalagosa para mí, así que vuelvo al dormitorio. Sentada en la cama trato de decidir cómo pasar el día, ya que está claro que hoy no puedo contar con Simone.

No puedo ir a comer a casa de Neri y Piot porque hoy salían de excursión con unos amigos. Y, aunque podría hablar con mis padres un rato, eso no me va a solucionar la papeleta el resto del día. Me doy cuenta de que, sin contar a Simone, prácticamente no he hecho amigos en Boston. Quedarme encerrada lamentándome no me va a hacer sentir mejor, así que decido darme una ducha rápida y salir a dar una vuelta. Como mi intención es pasear todo lo que pueda y sin quedar con nadie, me visto lo más cómoda posible: vaqueros, zapatillas de deporte, una camiseta blanca, una sudadera nueva de Abercrombie, una cola de caballo y apenas maquillaje. Me cuelgo del hombro una bandolera, me pongo las gafas de sol y salgo de casa. De refilón, veo que siguen en la cocina, pero ni se inmutan al verme pasar. De hecho, es posible que ni me hayan visto.

Cojo el ascensor y salgo del portal sin percatarme de que llevo una de las zapatillas desabrochada. Comienzo a bajar las escaleras, pero sucede lo inevitable. Tropiezo con el cordón y me caigo de culo. En un abrir y cerrar de ojos, bajo todos los escalones golpeándome el trasero una y otra vez.

—Ay... —murmuro dolorida—, ¡qué daño!

—La verdad es que ha sido un buen golpe —dice una voz detrás de mí.

¡Mierda! No puede ser él. ¿Es que es omnipresente o qué? Me giro y lo veo. Pues sí. Es él. ¿A qué habrá venido? Lleva unos vaqueros desgatados, unas zapatillas de deporte y un polo de Ralph Lauren azul marino. Y es la primera vez que no lleva el pelo engominado. Su aspecto es mucho más desenfadado y me gusta.

—Ya lo creo —digo mientras trato de ponerme en pie.

Se acerca y me ayuda a incorporarme.

—Veo que tienes por costumbre lo de tropezarte.

—Eso parece —replico.

Y tú, no sé cómo lo haces pero siempre andas cerca.

—Anoche me dejé olvidada la chaqueta en tu casa —explica—. Como ya no volví a subir...

¡No, si la culpa aún será mía!

—Y como no tenía tu teléfono he pensado que lo mejor sería pasarme a por ella a primera hora. Veo que te pillo por los pelos.

—Iba a dar una vuelta.

—Bueno, no tardaremos más de cinco minutos en subir, cogerla y bajar. No quiero retrasarte.

—¿Retrasarme? —sacudo la cabeza —. Qué va. Lo que pasa es que tengo en casa a dos críos enamorados y he decidido dejársela para ellos. No me ha quedado otra que salir a la calle.

—¿Dos críos? ¿Te refieres a Simone y su nuevo amigo?

—Los mismos.

Asiente comprensivo.

—¿Te importa recoger la chaqueta más tarde? —le pregunto—. No me apetece nada volver a subir...

—Está bien. ¿A qué hora te viene bien que me pase? No quiero trastocar tus planes.

—¿Mis planes? Mi único plan era dar un paseo, pero después del golpe que me acabo de dar creo que no me apetece mucho.

—¿Te apetece que hagamos algo los dos juntos? —se atreve a preguntar.

No sé... Si le digo que sí, a lo mejor piensa que tiene alguna posibilidad conmigo, pero, por otra parte, no me apetece pasarme el día sola. Y, además, con Miguel no tendré que hablar todo el rato en inglés. Y me duele el culo. Mucho. Ya no quiero pasear.

—¿Por qué no? —respondo alegremente.

—¿En serio?

Parece sorprendido.

—Sí. Pero por favor, que sea algo tranquilo. Que estoy lesionada.

—¿Te apetece venir a mi casa?

Madre mía. No se anda con rodeos. ¿Qué clase de chica cree que soy?

—No pongas esa cara, mujer —dice entre risas—. No es lo que piensas.

Qué es lo que estoy pensando yo, ¿eh?

—Has dicho que querías un plan tranquilo, ¿no?

Lo miro dubitativa.

—¿Comida china, palomitas, helado y un maratón de cine es un plan lo suficientemente tranquilo para ti?

Vale, no puedo negarme a un plan como ese.

—¿El helado será de chocolate?

Suelta una carcajada.

Lo miro suspicaz.

—¿Eso es un sí?

—Claro, el helado será de lo que tú quieras —concede—. La peli la elijo yo.

Eso sí que no. No pienso tragarme la última de Bourne. Estoy a punto de protestar cuando interrumpe mis pensamientos.

—Dame una oportunidad por una vez, ¿quieres? Ni siquiera sabes cuál voy a escoger.

—Está bien, pero lo hago solo por el helado de chocolate.

—Por supuesto —dice mientras echa a andar.

—¿Dónde vives? —inquiero mientras me froto el trasero, aún dolorido—. ¿Vamos andando?

Me mira y amaga una sonrisa. Avergonzada, me sonrojo y dejo de tocarme el culo.

—No está aquí al lado, pero teniendo en cuenta que las distancias no son exageradas podemos ir paseando tranquilamente...

Estoy a punto de protestar porque no quiero andar. Pero me callo. No quiero parecer una quejica. Aunque lo soy.

—Vale. Así voy haciendo hueco a la comida china y al helado.

—Te olvidas de las palomitas.

—Cierto. ¿Saladas o dulces?

—¡Saladas! —decimos al unísono.

Recorremos las calles de Boston durante media hora y, contra todo pronóstico, disfruto del paseo. Miguel es muy divertido, le gusta hablar de muchas cosas y, además, descubrimos que tenemos algo en común: ¡pasión por el fútbol!

—No lo puedo creer —dice—, no tienes pinta de que te guste el fútbol.

—¿Ah, no? ¿Es que tengo que parecer una *hooligan*?

Se ríe.

—No, no es eso —replica—. Es solo que hasta ahora todas las chicas que he conocido y que han dicho que les gustaba el fútbol en realidad querían decir que les gustaba Cristiano Ronaldo...

—¡Pero bueno! En serio, ¿por quién me tomas? ¿CR9? Yo soy más de tipos duros como Piqué... —Me mira sorprendido—. ¡Es broma! A mí me gusta el fútbol de verdad. Además, ¡yo soy del Valencia! Desde pequeña he ido con mi padre al campo del Mestalla.

—En realidad, con el genio que tienes —dice bromeando—, ya te imagino insultando a los jugadores del equipo rival desde las gradas.

Me sonrojo porque es cierto. Pero no lo voy a admitir.

—¿Genio? —bufo—. Por favor, mira quién fue a hablar...

—Tienes razón —admite—. De todas formas, aquí lo tenemos un poco complicado para poder seguir bien la liga. No es un deporte con mucha afición.

—Ya...

—Oye —dice de repente, como si se le hubiera ocurrido una brillante idea—, podemos ir algún día a ver un partido de béisbol. Creo que el equipo de los Red Sox es bastante bueno. Puede ser divertido, ¿no?

—Sí... —respondo dubitativa—. Mira, vamos a ver si somos capaces de terminar el día sin pelearnos y si es así podemos pensar en el próximo plan.

—¿Dices «plan» para no decir «cita»?

—Esto no es una cita...

—Lo que tú digas.

—Nos hemos encontrado por casualidad y hemos decidido hacer algo juntos. NO es una cita —replico tajante.

—Puede ser... —se queda pensativo—. Pero si volvemos a quedar sí será una cita.

Vale. Desisto, no voy a discutir por eso. Seguro que no volveremos a quedar... ¿O sí? Noto que me está mirando.

—¿Qué? —espeto bruscamente.

—Tu cara es un libro abierto.

—¿Ah, sí? A ver, ¿qué estaba pensando? —respondo molesta.

—Te irritas con una facilidad increíble, ¿sabes?

Él me irrita con una facilidad increíble.

—Pero si vas a quedarte más tranquila... Lo que estabas pensando es que seguramente no volvamos a quedar.

Lo miro asombrada. Lo que me faltaba. Encima es capaz de leerme los pensamientos.

—Te equivocas —miento descaradamente—, estaba pensando que estoy cansada. ¿Falta mucho?

Suelta una carcajada.

—Te has puesto a la defensiva —indica—, así que he dado en el clavo.

Pero mira que es pretencioso. Lo observo irritada.

—No te enfades, ¿dónde está tu sentido del humor?

En casa, con tu chaqueta.

—Venga, no te enfurruñes que ya estamos llegando. Acuérdate del helado de chocolate al que te voy a invitar.

Mmmm, helado de chocolate, soy una golosa sin remedio.

—Más vale que sea de Häagen-Dazs o esa cita de la que tanto hablas no llegará nunca —gruño.

—Si esa es tu única condición, por mí podemos ir fijando la fecha... —Le propino un codazo—. ¡Ay! Vale, vale, no insisto más.

Seguimos caminando y cinco minutos después llegamos a la calle Boylston y nos paramos en una de las fincas que hay frente al centro comercial Prudential. Centro comercial en el que yo trabajo.

—No me digas que vives aquí.

—Sí —abre la puerta y saluda al portero—. ¿Vas a pasar o no?

Se nota que lleva poco tiempo viviendo allí porque, a diferencia del piso de Simo, este no está abarrotado de cosas. Sin embargo, me encanta cómo está decorado. Un colorido aparador indio a la entrada de la casa y muebles de estilo colonial en el salón: robustos y de una cálida madera con reflejos caobas. Casi me recuerdan a él. A su cabello. Las cortinas y las alfombras en tono crudo le aportan el toque de luminosidad necesario. Me gustaría ver el resto de la casa, pero no me atrevo a decírselo.

—¿Te gusta? —pregunta tímidamente.

—Me encanta —afirmo.

—No te mentiré, no lo he decorado yo. —Ya me extrañaba a mí—. Las dos primeras semanas estuve viviendo en un hotel y contraté a un decorador para que se ocupase de amueblar la casa.

Pues el decorador ha tenido buen gusto.

—Pero fui yo el que le dijo lo que quería —añade—. No quería una de esas casas de muebles modernos y minimalistas sin personalidad.

¿He oído bien?

—Así que… —me aclaro la garganta—, ¿este es tu estilo?

—Sí.

Exactamente igual al mío. Odio esas casas en las que todo es blanco, recto y de acero. Son frías e impersonales. En cambio, esta casa es cálida y acogedora.

—¿Pedimos la comida? Me muero de hambre.

—Será mejor cambiar de tema. Aunque la verdad es que tengo apetito…

—Claro. ¿Qué te apetece? —pregunta mientras saca un menú de un restaurante chino de un cajón y me lo da.

Lo estudio con detenimiento.

—A ver… un rollito de primavera, arroz tres delicias y pato laqueado —digo relamiéndome.

—Acabas de leerme la mente. ¿Pedimos también una de pollo al limón?

—¡Vale!

Mientras esperamos a que traigan el pedido lo sigo hasta la cocina y le ayudo a poner la mesa. La cocina, igual que el salón, me conquista al instante. Es amplia y muy luminosa. Y, curiosamente, está muy ordenada. Y limpia. Una vez más, es como si Miguel leyese mis pensamientos.

—Probablemente te sorprenda lo aseada que está la casa —comenta—, pero la verdad es que como casi siempre en la oficina y por las noches llego muy tarde a casa.

Aun así está muy limpia. Impoluta, diría yo.

—Y vienen a limpiar un par de veces a la semana.

¡Ah! Ya decía yo. Abre un armario y saca un paquete de palomitas saladas para microondas. Antes de que pueda preguntarle por el helado abre el congelador y me muestra una tarrina de helado de Häagen-Dazs de chocolate y otra de vainilla con nueces de Macadamia.

—No me estás dejando elección. Voy a tener que quejarme por la película...

—*Las* películas—puntualiza.

Enarco las cejas. Sale de la cocina y vuelve cargado con un montón de DVDs. Los coloca sobre la mesa de la cocina. Si se trata de la saga de Bourne, Rocky o Terminator que no cuente conmigo. Esbozo una ligera sonrisa al ver las carátulas. Lo ha vuelto a hacer.

—¿He acertado? —pregunta esperanzado.

No puedo negarlo.

—Acabas de toparte con la mayor fan de Han Solo.

—Entonces, que la fuerza me acompañe —dice entre risas.

Quince minutos más tarde llega la comida china. Yo, que no he desayunado, estoy hambrienta y devoro el rollito de primavera para, a continuación, servirme una buena cantidad de pato laqueado, arroz tres delicias y pollo al limón.

—¿Tienes miedo de que te deje sin ración? —pregunta Miguel enarcando las cejas—. Creo que eres la primera chica con la que salgo a la que veo comer tanto.

Avergonzada, dejo el tenedor sobre el plato. ¿Le habré parecido una glotona? Pero bueno, ¿qué hago sintiéndome culpable? ¿Por qué no he de comer si tengo hambre? Yo no soy de esas chicas que se alimentan a base de ensalada. ¡A mí me gusta disfrutar de la comida!

—¿En serio? Pero si esto no es nada. Creía que aun faltaban las palomitas y el helado —hago una pausa para meterme en la boca una cucharada de arroz antes de continuar—. Y te recuerdo que no estamos saliendo...

—Está bien. No te enfades. Además —añade mientras apura su Coca Cola light—, me encanta ver que disfrutas tanto como yo. Sería terrible que yo estuviese atiborrándome de comida china mientras tú apenas pruebas bocado.

—No creo que, en mi caso, eso fuera posible.

De repente noto que me está mirando fijamente los muslos.

—A mí no me gustan las chicas delgadas —dice distraído.

¡Esto es el colmo! ¿Me está llamando gorda? Puede que no gaste una talla 36 y reconozco que estaría mejor con un par de kilos menos, o cuatro en opinión de mi madre, pero no estoy gorda. Antes de que le responda se fija en la expresión de mi cara y se da cuenta de que me he molestado.

—Mira que eres susceptible. No he dicho que estés gorda.

¿Ah, no?

—¿Es que tienes que enfadarte por todo? Eres una mujer con curvas y eso me gusta. Nada más.

—¿Con curvas?

—Sí, como Jennifer López.

—Está bien, nunca me habían comparado con J. Lo, así que lo tomaré como un cumplido.

Sacude la cabeza, dándome por imposible. Recogemos la mesa y nos disponemos a empezar la sesión de cine. Abre el congelador y saca la tarrina de helado de chocolate y la de vainilla. Las agita en el aire para que elija. Sin dudar, señalo la de chocolate. De un armario saca dos boles de porcelana y sirve unas generosas raciones de helado. Lo sigo hasta el salón y me siento esperando que ponga la película.

Miro a mi alrededor y, pese a lo extraño que me resulta estar en casa de alguien a quien hasta ayer por la noche odiaba, no puedo evitar sentirme a gusto. Fuera está lloviendo y las gotas repiquetean sobre los amplios ventanales del salón. La verdad es que no podía haber elegido mejor plan. No hay nada como acurrucarse en un sofá tapada con una manta a ver una peli en una tarde lluviosa. Vaya, me falta la manta. Me giro y veo que hay una de lana escocesa en la otra punta del sofá. Alargo la mano, la cojo y me enrollo con ella. Miguel se gira y sonríe al verme. Yo me ruborizo. Ni siquiera le he preguntado antes de coger la manta, pero no parece importarle. Enciende el televisor y apaga las luces.

Se sienta junto a mí y pulsa el *play*. Minutos después estamos absortos en la película. No soy consciente de que me rodea con el brazo, ni de que yo apoyo la cabeza sobre su hombro, ni de que de vez en cuando me acaricia suavemente el pelo. Solo sé que me siento bien.

Cuando termina la película, tengo que incorporarme para que se levante a poner la siguiente de la saga. Avergonzada, me doy cuenta de lo que estábamos haciendo.

¿Qué estoy haciendo? Tendría que odiarlo. Lo observo mientras guarda el DVD en su caja y coloca el siguiente. Pero no puedo. No es la misma persona que vi en el aeropuerto. Es amable y divertido. Y tremendamente atractivo.

Se dirige hacia mí, perfectamente consciente de que lo estoy observando. Me mira fijamente y no consigo apartar la mirada. Tiene los ojos de un precioso color miel. No me había dado cuenta hasta ahora. Se sienta junto a mí sin decir una palabra, pero sin apartar sus ojos de los míos. Me está poniendo nerviosa. No tendría que ponerme nerviosa. Me acaricia la mejilla y se inclina sobre mí. Siempre sin dejar de mirarme.

Un escalofrío me recorre el cuerpo. Quiero rechazarlo, pero no puedo. Trato de apartarme, pero Miguel me sujeta y me lo impide.

—No te vayas.

No quiero irme. Pero tengo que hacerlo. No quiero besarlo. No quiero besarlo porque me gusta.

Sí, no olvido lo que hizo y tengo miedo de que me haga daño. Pero aun así me gusta. Quiero que me rodee con sus brazos. Quiero que me acaricie. Quiero sentir sus labios sobre los míos. Me dejo caer de nuevo en el sillón. Es posible que esté cometiendo un error y probablemente me arrepienta. Es posible que mañana esto no haya significado nada para él. Es posible que...

—Me gustas de verdad —me susurra al oído—. No vuelvas a crear una barrera entre nosotros. Si pudiera retroceder en el tiempo lo haría...

No termina la frase porque me rindo. Me rindo y, esta vez, soy yo la que lo besa. Lo abrazo y lo atraigo hacia mí. Sus manos recorren mi cuerpo y sus besos son cálidos y apasionados. Consigue que me olvide de todo: del incidente del aeropuerto, de las discusiones, de Roberto... Solo quiero sentirlo a él, así que me dejo llevar. Tengo calor, y me quito la sudadera.

Miguel me acaricia por encima de la camiseta. Estoy a punto de quitármela también cuando suena mi teléfono.

—Tengo que cogerlo —murmuro mientras me incorporo—. Podrían ser mis padres, hoy no he hablado con ellos por Skype y habíamos quedado en hacerlo.

Miguel asiente. ¿Estará pensando en el mensaje de anoche? Me aparto el pelo de la cara. ¡Qué calor!

Rebusco en el bolso y consigo descolgar el teléfono de milagro antes de que cuelguen. Ni siquiera miro el identificador de llamada.

—¿Diga?

—¿¿Se puede saber dónde estás??

Simone.

—Llevo todo el día preocupado por ti. Te has ido sin avisar.

Qué típico de él. Si ni siquiera me ha visto cuando he pasado por delante de sus narices. Ahora a ver qué le cuento.

—Bueno... Yo... Salí a dar un paseo y...

—¿Un paseo? ¡Pero si llueve a cántaros!

—Esta mañana no llovía.

—Ah. No lo sé. No he salido de casa en todo el día —replica.

Ya me lo imagino.

—¿Qué querías, Simone? —pregunto tratando de no perder la paciencia. No se ha acordado de mí en todo el día, a buenas horas se ha preocupado.

—Eddie acaba de irse.

¿Eddie? ¿Eddie es Ron?

—Tengo mucho que contarte —añade.

¿Ahora? ¿No tenía otro momento? ¿No podía esperar? Tapo el auricular con la mano.

—Simone quiere contarme su historia de amor —le susurro a Miguel—, quiere que vaya a casa. ¿Y tienes que contármelo precisamente ahora, Simo? —digo puntillosa.

No quiero irme, no quiero separarme de Miguel. Quiero terminar lo que hemos empezado. No quiero romper el momento.

—¡Pues claro! ¿Qué demonios estás haciendo que me pones tantas pegas?

Miguel se acerca a mí y me abraza por detrás.

—No te preocupes, yo te acerco a casa en coche —dice en voz baja mientras me besa el cuello—. Retomaremos esto en otro momento.

Yo no quiero retomarlo en otro momento. Quiero retomarlo ahora.

—Está bien, Simo, en veinte minutos estoy en casa.

Vuelvo a guardar el móvil en el bolso y suspiro. Apoyo la cabeza sobre el pecho de Miguel, que no me ha soltado. No quería volver a verle y ahora no quiero separarme de él.

—Anda, será mejor que nos vayamos —digo con un bufido.

—No te enfades, gruñona —dice mientras recoge mi sudadera del suelo.

Me la pongo y vuelvo a hacerme la coleta. Estoy un poco confusa con todo esto, pero hacía tiempo que no me sentía tan bien. Ha sido un día maravilloso y no quiero que termine.

—Por cierto —dice—, antes de que nos vayamos. ¿Qué tal si me das tu teléfono?

Sonrío y se lo apunto en un papel.

—¿Me llamarás?

CAPÍTULO 9

La CITA

—Simone, en serio, mañana tenemos que trabajar. Quisiera poder irme a dormir en algún momento... —digo cansada. Lleva parloteando sin cesar desde que he vuelto a casa. ¡Ni siquiera ha parado para dar un sorbo de agua!

—¿Cómo puedes ser tan cruel? Desde Luca no había estado con otro. ¡Necesito contarte los detalles!

—¡Llevo dos horas escuchándote! ¿Qué más quieres contarme?

Se queda pensativo.

—¿Te he dicho que es dentista?

—Sí.

—De los mejores de Boston. Especialista en ortodoncia.

—Ya me lo has dicho dos veces.

—Por eso se fijó en mí —continúa sin escucharme—, por mi sonrisa. —No puede evitar soltar una risita—. Y porque íbamos disfrazados de Ron y Harry, por supuesto...

—Por supuesto —suspiro—, está claro que eso te ayudó...

No hace ni caso de mi expresión de agotamiento y sigue con su verborrea.

—¿Y te he dicho ya que le gustan los deportes extremos?

—Sí, pero a ti no te gusta el deporte, ¿qué más te da?

—Es excitante.

Pongo los ojos en blanco.

—Pero, bueno, ¿se puede saber por qué te molesta tanto que haya conocido a alguien? Yo también tengo mi vida, ¿sabes? —exclama indignado—. Por cierto, ¿qué has hecho todo el día tú sola por ahí? ¿Dónde estabas cuando te he llamado?

«¿Yo? Estaba a punto de acostarme con Miguel y me has interrumpido», pienso furiosa.

Simo me estudia con la mirada. Es muy suspicaz, pero esta vez no parece darse cuenta de que no he estado sola.

—Pues yo...

De repente escucho que mi móvil está sonando. Me ha llegado un mensaje. ¡Vaya, siempre suena en los momentos más insospechados! Lo saco del bolso y observo la pantalla del iPhone. Alguien me ha mandado un *whatsapp*.

He pasado un día maravilloso. Ya te echo de menos. Hasta mañana. Un beso. Miguel.

Sonrío y me ruborizo. Simo alza las manos al cielo.

—¿Otra vez el piloto? A ver qué te dice.

Antes de que pueda evitarlo me quita el móvil de las manos. Lee el mensaje rápidamente y se gira hacia mí.

—¡Lo sabía, lo sabía! —chilla alborozado—. ¡Sabía que te gustaba!

Se pone a dar brincos por la habitación, como si hubiera acertado el número de la lotería. Entonces cae en la cuenta y se para.

—Pero, ¿cómo es posible? Después de lo de anoche... ¡Tienes que contármelo todo!

Vale, está claro que hoy no me voy a ir a dormir temprano. Cojo aire y me preparo para contarle toda la historia a Simone. Será mejor que haga un poco de café, esto va a ir para largo. Una hora después me observa encantado de la vida.

—Y entonces —le digo—, llamaste tú y se acabó la historia.

—No, cariño, la historia no se ha terminado. Acaba de empezar.

Sonrío al plantearme esa posibilidad. Hoy he descubierto al verdadero Miguel y me gusta. Ha dicho que me llamará mañana. Espero que lo haga. No tengo muy buena experiencia con esta frase. La mayoría de las veces que me la han dicho, no lo han hecho. Pero espero que esta vez sea diferente. Miguel no parece de esa clase de tíos.

Y no lo es. Al día siguiente llama como había prometido.

Los días se suceden y Miguel está presente en todos ellos. No tiene mucho tiempo libre a lo largo de la semana porque entra temprano a trabajar y termina tarde. Pasa muchas horas metido en reuniones y visitando a clientes, pero, aun así, encuentra huecos para llamarme, mandarme mensajes y, un día, hasta viene a verme a la librería. Simone se siente muy satisfecho de sí mismo por haber predicho esta relación, pero le digo que no se haga ilusiones. Ni siquiera sé si estamos juntos oficialmente y, si lo estamos, apenas llevamos una semana. Quiero ir poco a poco.

Por otra parte, Simone ha decidido hacer exactamente lo contrario y su relación con Eddie avanza a un ritmo vertiginoso. Casi me asusta. Le ha contado a todo el mundo que sale con él y se pasa el día enviándole mensajes. Además, Eddie ha venido a cenar a casa en varias ocasiones y ha pasado la noche con él. Simone está en una nube. Yo no tanto. Eddie no se parece en nada a Simo y no puedo evitar preguntarme si, a la larga, serán compatibles. Sé que los polos opuestos se atraen, pero, a excepción de que eligieron el mismo disfraz para la fiesta, son completamente diferentes.

Sin embargo, en los temas más íntimos no parecen tener gustos tan dispares. O eso percibo por lo que escucho —desgraciadamente— desde mi habitación. Ahí parecen estar de acuerdo en todo. Y en eso sí que me dan envidia.

Yo todavía no he vuelto a estar a solas con Miguel. Mañana por la noche hemos quedado. Al pensarlo, un hormigueo me recorre el estómago. Recuerdo su beso y me estremezco. Me arrepiento de haberme apartado de él en el muelle. Me comporté como una cría.

No he vuelto a saber nada de Roberto, pero, por una vez, no me importa. Cuando venga y me llame —si es que lo hace— quedaremos para tomar algo y charlaremos como en los viejos tiempos.

Pensar en Roberto me hace acordarme de María. ¡Tengo que contarle lo de Miguel! Aunque quizá omita algo de información, como el hecho de que es el pasajero del incidente en el aeropuerto. No sé si comprendería que lo haya perdonado y que, ¡para colmo!, me guste. Me muerdo el labio, a ver cómo se lo explico... Mejor no lo hago. Con que le cuente que estoy saliendo con alguien es suficiente. Sí, eso es. Le diré que lo conocí en el avión y que nos hemos reencontrado de casualidad en la fiesta. No me gusta mentir, pero estoy segura de que si se entera de quién es en realidad, no se alegrará tanto por mí.

Le mandaría un e-mail ahora mismo, pero prefiero contárselo en persona. Así que le escribo:

Hola guapa, tengo novedades y quisiera contártelas en persona... ¿Cuándo tienes hueco para un Skype? Te echo de menos. Espero que vaya todo bien. Un besito.

Espero que encuentre ese hueco lo antes posible. Es verdad que la echo de menos. Hace mucho que no hablamos como Dios manda. Quiero saber si está bien con Pablo, quiero saber cómo va todo por el aeropuerto, pero, sobre todo, quiero contarle que he conocido a alguien. ¡Le va a costar creerlo!

Esta noche he quedado con Miguel.

Lo de hoy, aunque me cueste reconocerlo, *sí* es una cita. No ha querido decirme adónde vamos, así que no sé qué ponerme. ¿Elegante o informal? ¿Falda o pantalón? ¿Tacón o zapato plano? Estoy hecha un lío. No sé a qué viene tanto misterio. Me siento sobre la cama y miro el desastre que he creado a mi alrededor. La habitación está cubierta de ropa: sobre la cama, en el sillón, en la cómoda. Creo que he vaciado medio armario. Buf, qué desorden. Encima luego tendré que recogerlo. De golpe, me acuerdo de los conjuntos que me hizo María antes de venir. Saco las hojas de un cajón y las estudio en busca de algo que me sirva. María es infalible. Hasta me ha preparado un conjunto para momentos como este. Un *look* que vale para todo: botas altas con tacón en tono beige, pantalón vaquero oscuro y una sencilla blusa blanca.

Me encierro en el baño. Espero que hoy nadie me moleste. Por suerte, ni el timbre ni el teléfono interrumpen mis rituales de belleza y consigo arreglarme lo mejor que sé. El pelo es lo que menos me gusta, lo tengo fino y tan lacio que soy incapaz de darle algo de forma. Al final, desisto y me lo plancho, dejándolo lo mejor que sé. No está mal. Ahora, el maquillaje. Esto, gracias a las normas de uniformidad del aeropuerto, lo llevo un poco mejor.

Contemplo mi imagen sobre el espejo. ¿Le gustaré a Miguel? Salgo al pasillo. A ver qué opina mi crítico compañero de piso.

—¿Cómo estoy? —Giro sobre mí misma para que pueda admirar el conjunto.

—Divina, cariño, estás divina.

—¿En serio?

—¿Dudas de mi palabra? ¡Yo nunca te mentiría!

—No, Simo, tú solo me ocultarías información si consideraras que es mejor que no la supiera...

—Puede que alguna vez me haya callado algo, pero no te diría que estás guapa si no fuera así.

Eso espero.

—¿Adónde te lleva?

Me encojo de hombros.

—No tengo ni idea. No ha querido decírmelo.

—Qué misterioso...

Asiento con la cabeza.

—Y tú, ¿qué planes tienes?

—Ya sabes, lo habitual, Eddie vendrá a casa a cenar y...

—Sí, sí, sí. No necesito más detalles. Alguna vez podríais ir a la suya para variar. Al menos cuando yo estoy en casa. Él vive solo, ¿no?

—¿Qué más te da a ti que venga Eddie? —pregunta a la defensiva.

Estoy a punto de explicarle que si las paredes que separan nuestros dormitorios fueran muros de piedra no me importaría tanto cuando llaman al timbre del portal. Una vez más, salvada por la campana.

Cojo a toda prisa mi cartera de mano granate de Bimba y Lola y mi gabardina de Burberry; puede que haga frío, después de todo, ya estamos en noviembre. Me despido de Simo con la mano mientras salgo corriendo por la puerta antes de darle tiempo a añadir algo más. Mientras bajo por el ascensor, noto un cosquilleo en el estómago. Estoy nerviosa. Salgo del portal y bajo con cuidado los escalones. No quiero repetir la escena del otro día. Miguel me observa desde abajo, apoyado sobre su coche de empresa, un Ford Mustang... Lleva los vaqueros desgastados que tanto me gustaron el otro día, unos náuticos y una camisa de Abercrombie de cuadros verdes y azules.

Una vez más, lleva el pelo sin engominar aunque todavía está húmedo de la ducha. Me gustaría pasarle la mano por el cabello. Está realmente atractivo.

Se acerca a las escaleras sin decir nada, pero sin apartar su mirada de mí. Me está poniendo más nerviosa de lo que ya estoy. Si sigue así voy a volver a tropezarme.

—¿Podrías dejar de hacer eso?

Saca la lengua, burlón.

—¿Por qué? ¿Te pone nerviosa?

Será engreído... Por supuesto que me pone nerviosa. Me tiemblan las piernas. Si sigue mirándome así voy a caerme por las escaleras de verdad...

—Claro que no.

No pienso admitirlo.

Me da la mano y me ayuda a bajar los últimos escalones.

—No quiero que vuelvas a tropezarte...

Pues no me mires así.

—Estás preciosa —me susurra al oído.

Le sonrío nerviosa. «¿Cómo se puede pasar de no soportar a alguien a que te guste tanto que no te tengas en pie?», pienso mientras me da un beso en la mejilla. Me abre la puerta del coche y me siento. Ahora que ya no tengo miedo de caerme, me noto un poco más tranquila.

—¿Adónde me llevas?

—Es una sorpresa.

—Ya lo sé, pero ahora que ya estoy en el coche podrás decírmelo, ¿no?

Niega con la cabeza.

—¿Sabes lo que me ha costado decidir qué ponerme porque no sabía adónde íbamos? —respondo enfurruñada.

Arranca el coche y yo me cruzo de brazos, ofendida. Me mira incrédulo.

—¿Vas a enfadarte conmigo después de lo que he preparado?

—No sé lo que has preparado, así que...

Nos detenemos en un semáforo. Se acerca un poco a mí, me pasa la mano por el pelo y me mira fijamente a los ojos antes de callarme con un beso apasionado. El semáforo se pone en verde y arranca de nuevo.

—¿Crees que seguirás enfadada mucho rato? —pregunta risueño.

Vale, lo ha conseguido. Si vuelve a besarme así creo que ya no podré enfadarme nunca con él. No sé adónde me lleva, pero ahora solamente me gustaría ir a un sitio con él: a su cama.

—Tesa...

Me observa confuso porque no le respondo, pero yo sigo a lo mío. Qué más da adónde me lleve. Lo que yo quiero es que mire como lo ha hecho antes. Con intensidad. Quiero ver el fuego en sus ojos. Quiero quitarle la camisa lentamente y acariciarle el pecho. Quiero que me...

—Tesa, ¿en qué piensas?

¿Yo? En nada. En irme a la cama contigo.

—¿Eh? Nada, pensaba en... esto... pues... —balbuceo mientras sonrío como una tonta.

—¿Es que he vuelto a ponerte nerviosa?

¿Había dicho que no iba a volver a enfadarme con él? Lo retiro. ¿Ponerme nerviosa? ¿A mí?

Minutos después aparcamos frente al estadio de los Red Sox. Menos mal que me he puesto los vaqueros, no es que este sea el plan más sofisticado del mundo.

—Sé que no es lo mismo que ver un partido del Valencia contra el Barça o el Real Madrid, pero hoy juegan contra los Yankees, sus mayores rivales, así que habrá buen ambiente.

Mis fantasías eróticas tendrán que esperar. ¡Los partidos de béisbol pueden durar horas! Aunque no puedo negar que mi vena *hooligan* está saliendo y ya me veo sentada en las gradas con un perrito caliente y una cerveza gritando: *Go, Red Sox, Go*. Aunque me encanta Nueva York, hay que animar al equipo local...

El campo de béisbol es enorme, pero las entradas de Miguel son muy buenas y estamos muy cerca de los jugadores. El partido va a empezar y tengo hambre. A mi lado hay un niño comiéndose un perrito caliente. Me llega el olor de la mezcla de la salchicha con la cebolla, el kétchup y la mostaza. Qué rico.

—Miguel...

—¿Sí?

—Es que... tengo hambre...

Qué vergüenza decir esto, tendría que aparentar ser una de esas chicas que come como un pajarito. Bah, después de lo de la comida china en su casa, ¿qué más da? Aunque aquello no era una cita...

—He reservado mesa para ir a cenar después.

Miro el perrito del niño con cara de pena. ¡Pues vaya! ¿Qué es un partido sin un perrito? Creo que voy a levantarme yo para ir a por uno.

—Pensándolo bien...

—¿Sí?

—El partido podría durar horas... nunca se sabe —se pone en pie—, y no quiero que te desmayes por mi culpa. Será mejor que vaya a por dos perritos calientes.

—¿Dos?

Pero ¿qué concepto tiene de mí? Soy glotona, pero no tanto, de momento con uno me conformo. Eso creo.

—Sí. Uno para ti y otro para mí.

Ah. Era obvio, ¿o no?

Un par de minutos después regresa con un par de perritos y una cerveza tamaño XXL. Deja la cerveza en el suelo y me da uno de los perritos.

—Si hay que comportarse como auténticos *yankees* será mejor hacerlo a lo grande.

Sonrío y le doy un bocado al perrito. Me lo trago casi sin masticar.

—Pero vamos con los Red Sox, ¿eh?

Me devuelve la sonrisa y él también da un bocado al suyo. Ah, estamos hechos el uno para el otro, al menos en lo que a comida se refiere.

El partido en sí nos resulta un poco aburrido porque se alarga mucho y estamos acostumbrados a los noventa minutos del fútbol, pero el ambientazo que hay en el campo me encanta. Es tal y como se ve en las películas. Vitoreamos al equipo cuando hace un *home run* y nos reímos un montón cuando, en el descanso, aparecen en la pantalla declaraciones de amor y hasta una petición de matrimonio en directo. ¡Dios! ¡Yo me moriría de vergüenza si me hicieran algo así!

Tres horas después termina el partido. Miguel me coge de la mano, salimos del estadio en silencio y vamos hasta el coche. No irá a llevarme de vuelta a casa, ¿verdad? Me niego. Y más con los empalagosos —y ruidosos— Simone y Eddie allí.

—¿Y ahora? ¿Qué hacemos?

—Mira que eres impaciente...

Empiezo a fruncir el ceño.

—Bueno, como no quiero que te vuelvas a enfadar te diré que ahora vamos a cenar. Si es que tienes hambre después del aperitivo que nos hemos dado a base de perritos...

Uf, menos mal. Queda la cena... ¡Y luego el postre! Espero.

—Sí que tengo.

—Muy bien.

Veo que conducimos hacia la calle Boylston. ¿Vamos a su casa? ¿Es que quiere pasar directamente a los postres? Pues sí, vamos a su casa, de hecho estamos entrando en el aparcamiento de su finca. Una vez más, interrumpe mis pensamientos antes de que abra la boca.

—No vamos a cenar en mi casa si eso es lo que estabas pensando.

No, estaba pensando en que íbamos a tomarnos el postre en tu casa...

—Ven, vamos al Prudential.

—¿A estas horas? Pero si estará todo cerrado.

—No.

—¿Pues adónde vamos?

—¿Tienes que protestar por todo?

Lo miro avergonzada. Mira que soy quejica, si ni siquiera sé adónde vamos.

—Lo siento...

Me coge de la mano y me arrastra por el centro comercial.

—Anda, ¿no te había dicho que había reservado mesa para cenar?

Nos acercamos al ascensor del SkyWalk Observatory. Desde allí las vistas de Boston son impresionantes. O eso dicen. Aún no he tenido oportunidad de subir. Veo que llama al ascensor.

—¿Vamos a subir?

Asiente. De repente me mira asustado.

—No tendrás vértigo, ¿verdad?

—No, no. En realidad he querido ver el observatorio desde que llegué a la ciudad, pero no había encontrado el momento.

—Vamos dos plantas más arriba, al restaurante. El Top of the Hub.

Me miro de arriba abajo, pensando en sí iré lo suficientemente arreglada para ese restaurante.

—Ya te he dicho que estás preciosa.

Yo no diría tanto, pero me gusta que él lo piense.

—Gracias —susurro.

Llegamos a la planta cincuenta y dos del edificio y se abren las puertas para mostrarnos las vistas más espectaculares de Boston. Diminutas luces iluminan los edificios, y a través de los ventanales puede verse toda la ciudad, desde el río Charles hasta el mar. Hay una pequeña banda de jazz tocando y la melodía me envuelve. Todo es perfecto. De repente, siento que no me merezco tanto, no después de cómo me he comportado con él, y me pongo nerviosa. Parece notarlo porque me aprieta la mano y me da un suave y cariñoso beso en la frente.

Una camarera nos interrumpe para acompañarnos a la mesa. La seguimos y nos sentamos junto a las enormes cristaleras. Cuando abro la carta se me hace la boca agua, es cocina típica de Nueva Inglaterra y todos los platos parecen deliciosos. No sé qué pedir.

—¿Te importa que pida por ti?

¿Cómo se las apaña para saber siempre lo que estoy pensando? Minutos después nos traen la cena y la mesa se llena de apetitosos platos: *clam chowder,* que es una crema de marisco, ensalada y langosta. Tiene una pinta...

—Por nosotros —dice mientras levanta su copa de vino blanco y me mira fijamente a los ojos.

No puedo evitar sonrojarme.

—Por nosotros —murmuro tímidamente.

Nos servimos un poco de todo y saboreo cada bocado que doy. La comida realmente es deliciosa. Ahora mismo no me atrevo a hablar por miedo a estropear este momento perfecto. Miguel no parece tan tranquilo, se pasa la mano por el pelo y apenas come. Es como si estuviera preocupado por algo.

—Tesa, hay algo que tengo que decirte...

Por su cara, no parece nada bueno. ¿Qué ocurre? Estoy a punto de decirle algo, pero me interrumpe y sigue hablando.

—El día que me atendiste en el aeropuerto... yo... —se calla, incapaz de seguir.

Ahora lo entiendo. Todavía se siente mal por lo que pasó en el aeropuerto. Por sus modales. Fue un grosero, sí, pero hemos empezado de cero. No puede castigarse más por eso.

—Miguel, no sigas.

Parece sorprendido.

—Ya no me importa. —Lo miro a los ojos—. Te he perdonado. De verdad. No tienes que darme más explicaciones de lo que pasó aquel día, en serio.

—Pero...

—Pero nada.

—No, Tesa...

—Lo digo en serio, no hay peros que valgan —replico tajante.

Se queda serio y pensativo. Sé que quiere volver a disculparse por lo que pasó aquel día, pero no tiene que hacerlo. Ya está olvidado. Me alegro de que sucediera. Me alegro de haber venido a Boston. Y me alegro de haberlo conocido. Además, tampoco yo me he comportado como debía con él.

—¿Es que te crees que eres el único pasajero que ha sido maleducado conmigo? —añado exasperada.

—Pues supongo que no, pero...

Alzo las manos al cielo.

—¡Pues claro que no!

Parece aliviado.

—Eso sí, has sido el primero que ha intentado ligar conmigo... —añado pícara.

Abre los ojos, incrédulo, y me devuelve la sonrisa.

—No te creo.

—Es posible que no seas el primero que lo intenta —hago una pequeña pausa para pensármelo—, pero sí que eres el primero que lo consigue.

Me mira satisfecho. Vaya, si lo llego a saber no se lo digo.

—No ha sido tarea fácil... —dice sin apartar la mirada de mí.

—Bueno, no vayas a creerte que está todo el trabajo hecho —replico con suficiencia.

—Por supuesto que no —se humedece los labios—, aún tenemos mucho por hacer...

Me revuelvo nerviosa en la silla. Deja los cubiertos en el plato, se limpia la boca con la servilleta y la coloca cuidadosamente sobre la mesa. En ese instante aparece la camarera para retirar nuestros platos y traernos la carta de los postres. La ojeo sin muchas ganas. Hemos cenado bastante y ya no tengo apetito. Al menos, no de esa clase.

Miguel levanta la vista y cierra la carta de golpe.

Lo miro sorprendida.

—Gracias, pero no tomaremos postre —le indica amablemente a la camarera mientras le devuelve las cartas—. Si puede traernos la cuenta, por favor...

Ella asiente y se retira.

—Prefiero tomarme el postre en casa —dice mientras me guiña un ojo—, ¿tú no?

Llevo toda la noche pensando en eso, pero el hecho de que él lo diga en voz alta hace que me sonroje.

—Sí —musito tímidamente.

Enseguida traen la cuenta y Miguel, como un perfecto caballero, no permite que yo pague mi parte. Nos levantamos y salimos en silencio del restaurante. Minutos después estamos de nuevo en la calle. De repente, mientras esperamos a que el semáforo se ponga en verde para poder cruzar, me coge por la cintura y me atrae hacia él. Me levanta la barbilla para que lo mire a los ojos.

—¿Estás segura de que quieres subir a casa? —pregunta nervioso mientras me acaricia el pelo.

No digo nada, pero asiento con la cabeza. Es lo único que quiero desde que Simone nos interrumpió.

—Puedo llevarte a casa si quieres... —insiste.

¿Es que quiere que me vaya? No lo entiendo. Frunzo el ceño y trato de apartarme de él.

—Vale, vale, lo capto. Solo quería asegurarme. —Sonríe más tranquilo—. Anda, no te enfades.

El semáforo está en verde y quiero cruzar, pero Miguel me abraza más fuerte impidiendo que me mueva. Forcejeo con él tratando de soltarme, pero tiene más fuerza que yo. Eso me pasa por no ir al gimnasio.

Me observa con una sonrisita. No tiene gracia.

—Estás tan guapa cuando te enfadas que no puedo evitarlo —me susurra al oído.

Levanto la vista y le miro a los ojos.

—No tiene gracia.

Agacha la cabeza y acerca sus labios a los míos. Es un beso tierno y cálido. Suave al principio y luego más insistente. Cierro los ojos y me pierdo en él.

—¿Y esto la tiene? —pregunta con voz ronca.

Apenas puedo responder y asiento ligeramente con la cabeza. Me coge de la mano y, ¡por fin!, cruzamos la calle para dirigirnos a su casa. Saludamos risueños al portero y llamamos al ascensor.

El viaje hasta la décima planta se me hace eterno y, de repente, me revuelvo inquieta al asimilar lo que va a pasar. He estado deseándolo toda la noche, pero, ahora que se acerca el momento, no estoy segura de poder afrontarlo. Hace tanto tiempo que no lo hago… Hace tanto tiempo que no estoy con alguien que me gusta de verdad…

Me siento como una adolescente. Tengo vergüenza y evito mirarlo mientras subimos.

Es como si lo notase porque me sostiene la mano con firmeza. Como si quisiera asegurarse de que no voy a irme. Me suelta para sacar las llaves del bolsillo y abrir la puerta. Una vez dentro, el ambiente cálido y acogedor de su salón me hace sentir más tranquila. Me siento en el sofá y acaricio la manta escocesa, recordando nuestro primer beso.

—¿Te apetece tomar algo? —pregunta Miguel.

Niego con la cabeza. Es posible que el alcohol me ayudara a desinhibirme, pero no quiero retrasar más este momento. Miguel se coloca a mi lado y me acaricia suavemente la mejilla.

—¿Y qué es lo que te apetece? —murmura.

No tengo tiempo de responderle porque me da justo lo que yo quiero. Lo que llevo deseando toda la noche. Me envuelve con sus brazos y sus labios buscan desesperadamente los míos. Me recuesto en el sofá y dejo que se ponga encima de mí mientras un hormigueo recorre mi cuerpo. Suspiro y me dejo llevar, perdiéndome en sus caricias y sus apasionados besos. Perdiéndome en él.

Me despierto de pronto, sobresaltada. ¿Dónde estoy? Miro a mi alrededor, pero está muy oscuro y no veo nada. Creo que estoy en la cama, pero no en la mía... Intento levantarme, pero no puedo, un brazo me agarra por la cintura.

Miguel me sostiene con fuerza y me atrae hacia él.

—No te vayas —murmura somnoliento.

No puedo evitar sonreír al recordar dónde estoy. Como no creo que Simone se preocupe mucho si esta noche no duermo en casa, me acurruco entre sus brazos y cierro los ojos. Al instante caigo plácidamente dormida.

A la mañana siguiente abro los ojos muy temprano, nerviosa por estar en casa de Miguel. Tengo miedo de que se arrepienta de lo nuestro. Tengo miedo de que a la luz del día esto no sea lo que yo había imaginado. Porque, aunque me cueste admitirlo, he descubierto que Miguel es alguien muy especial y me gustaría que formara parte de mi vida. No solo por la atracción física que es evidente que hay entre nosotros, sino porque a su lado nunca me siento incómoda, puedo ser yo misma; hablamos, reímos y nos llevamos bien. Y aun así le gusto. O eso creo.

No puedo negar que quiero que esto sea algo más que una aventura de una noche.

Me incorporo y me pongo las lentillas que —gracias a Dios— me acordé de quitarme anoche antes de dormirme. Doy un vistazo a la habitación. Es igual de cálida y acogedora que el resto de la casa. Un edredón en tonos crudos adorna la enorme y cómoda cama de madera. El suelo está cubierto por una enorme alfombra de rafia y, las paredes, pintadas en un color verde claro que resalta los ventanales blancos. En una esquina del dormitorio hay un galán de noche sobre el que cuelga su traje de chaqueta. El que lleva Miguel en su otra faceta, la de hombre de negocios.

Miro el reloj y veo que ya son las diez. Estoy a punto de salir de la cama cuando me percato de que no llevo nada. Estoy completamente desnuda. Me vuelvo a tumbar y me tapo con la sábana.

Miguel, que sigue medio dormido, vuelve a abrazarme con fuerza. Pega su cuerpo al mío. Está desnudo. Abre los ojos despacio y me mira asustado, como si tuviese los mismos miedos que yo. Me acerco más a él y me aprieto contra su pecho. Él me abraza con más fuerza todavía.

—No voy a irme a ningún sitio.

—Prefiero no correr riesgos —susurra antes de darme un beso.

Miguel me acaricia el pelo y me besa.

—No tengas prisa por irte —murmura juguetón mientras se pone encima de mí—. Todavía podemos quedarnos un rato más en la cama.

Mis piernas rodean sus caderas y le devuelvo el beso. Al fin y al cabo, es sábado, y podemos remolonear...

—Odio tener que decir esto. —Esboza una gran sonrisa de satisfacción—. ¡Te lo dije! ¡Te lo dije!

Me sonrojo y no puedo evitar pensar que tiene razón. Simone se percató de mis sentimientos mucho antes de que yo lo hiciera. El rencor me estaba cegando. Ahora veo las cosas con una nueva perspectiva y comprendo que muchas veces las cosas sí pasan por algo. Todos los cambios que he vivido en estos últimos meses me han despertado del letargo en el que estaba sumida.

—Vale, tenías razón —admito—. ¿Es eso lo que querías oír?

—No voy a negar que me encanta tener la razón, pero lo que más me gusta es verte tan feliz.

Simone me abraza y no puedo evitar emocionarme. Hace poco que somos amigos, pero me siento tan unida a él... me conoce casi más que muchas de mis amigas de Valencia.

—¡Ahora podremos salir los cuatro juntos! —grita alborozado.

¿Los cuatro juntos? Salir con Eddie no es lo que más me apetece en el mundo. Sé que no tengo motivos para que no me caiga bien, pero no puedo evitarlo. No congeniamos. Lo noto cuando hablo con él y sé que él siente lo mismo que yo. Simplemente, no nos soportamos.

—¡Claro! ¡Será genial! —chillo yo también, intentado parecer igual de ilusionada que Simo.

Dios, miento fatal, espero que no lo note porque no pienso ser yo la que le diga que no aguanto a su novio. Y menos cuando él adora al mío.

CAPÍTULO 10

Acción de Gracias

Los días pasan veloces y el frío llega a Boston para no dejarnos. Durante los próximos meses la lluvia, las bajas temperaturas y, dentro de poco la nieve, serán mis compañeras. Pero no me importa. Disfruto de la lluvia estrenando mis Hunter nuevas, paso los días fríos encerrada en el apartamento de Miguel viendo películas y tomando chocolate caliente y estoy deseosa de que caigan los primeros copos para hacer muñecos y guerras de bolas de nieve.

Últimamente pocas cosas afectan a mi estado de ánimo y me siento extrañamente feliz. Digo extrañamente porque nunca en mi vida había sentido lo que siento ahora. Estoy ilusionada con el trabajo y más motivada que nunca. La señora Rivers ha organizado varios talleres de escritura en la librería y he participado en todos ellos, disfrutando como hacía tiempo no lo hacía. Tengo ilusiones que no tenía desde que era niña. Y, a pesar de que sigue sin caerme bien, consigo soportar a Eddie sin que la sonrisa se esfume de mi cara.

Sí, las cosas van muy bien. Y el único culpable de todo esto es Miguel. A su lado soy yo misma. Incluso creo que saca a la luz una versión mejorada de mí misma. Cuando estoy con él no tengo que fingir quién soy. Me comprende, me apoya y está ahí siempre que lo necesito.

Solamente hay algo que ensombrece mi felicidad. Hace semanas que no sé nada de María. He intentado hablar con ella por Skype, pero no hay manera de cuadrar nuestros horarios. Sigo escribiéndole largos e-mails a los que no obtengo respuesta y cuando le escribo mensajes al *whatsapp* recibo escuetas respuestas del tipo: *ahora no puedo, voy muy liada, lo siento mucho, te prometo que de esta semana no pasa.* No he podido ni comentar con ella lo de Miguel porque su única respuesta al e-mail en el que se lo conté fue: *Me alegro mucho por ti. Te lo mereces.*

Una línea.

Después de todos estos años en los que nunca he salido con nadie en serio, cuando voy y encuentro a alguien que de verdad me gusta, su respuesta cabe en una línea. Ni una llamada, ni mensajes interrogándome para saber cómo es él, nada. Ni un puñetero *smiley*.

Joder, no sé qué hacer con ella. Ya no sé si lo de Pablo es el único problema o le pasa algo más. No lo entiendo. Éramos íntimas cuando trabajábamos juntas. Sabía que con un océano de por medio no sería lo mismo, pero tenía la esperanza de que nos escribiésemos y hasta de que viniera a verme.

Aparto a María de mis pensamientos una vez más. Sé que debería insistir para que me contara lo que le pasa, pero estoy un poco enfadada. Le he insistido muchísimo y no dejo de escribirle. ¡Si necesita algo que me lo diga ella! Al fin y al cabo, fui yo la que se quedó sin trabajo y ha tenido que buscarse la vida en una ciudad lejos de familia y amigos.

Ya está. Decidido. Mientras ella no escriba, yo no pienso volver a dar señales de vida.

De pronto escucho el sonido de unas llaves abriendo la puerta de casa seguidas de un portazo que interrumpe mis pensamientos. Son las ocho de la tarde y estoy sola en casa; Miguel tenía reuniones esta tarde y no podía quedar.

Supongo que es Simone, pero me extraña mucho que esté en casa porque al salir de la tienda se ha ido directo a la clínica de Eddie para salir a cenar con él. Camina hasta la cocina dando bufidos y ni me mira. Abre de golpe la puerta del congelador y mira en su interior.

—¿No queda helado?

—Hola, Simone, ¿qué pasa? —pregunto con suavidad. Tengo miedo de que, si está enfadado, la tome conmigo.

—Primero el helado —dice como si fuera un niño de cinco años.

Me levanto y me acerco al congelador, rebusco entre las bolsas de congelados y encuentro una tarrina de helado de vainilla y chocolate. Espero que quede suficiente ración como para que Simo se calme. La abro despacito y suspiro aliviada al ver que está casi sin empezar.

Simone saca una cuchara del cajón y me arrebata el bote de las manos. Antes de que pueda protestar veo que está comiendo directamente del bote. Alzo las manos al cielo y lo doy por perdido. Me siento en el sofá. Quizá cuando esté empachado me diga qué ocurre.

Tres minutos y medio tarro de helado más tarde se sienta a mi lado. Parece un poco más tranquilo pero igual de enfadado.

—¿Vas a decirme lo que te pasa o no?

—Tres palabras —responde con la boca llena—. Eddie. Congreso. Brasil.

Lo miro sin comprender a qué se refiere.

Simone pone los ojos en blanco y lo intenta de nuevo.

—Eddie se va a un congreso de odontología a Brasil, concretamente a Sao Paulo.

Bueno, es odontólogo, no lo veo tan raro.

—¿Y qué problema hay?

Me mira escandalizado.

—¿Que qué problema hay? —sacude la cabeza—. Cielo, mi anterior novio me dejó por un noruego. Me niego a que este me deje por un brasileño.

—¿Quién dice que vaya a dejarte por un brasileño?

—Bueno, no me negarás que no va a tener tentaciones...

—Simo —respondo tratando de tranquilizarle—, hay gente monógama, ¿sabes? Puede que haya mucho brasileño tío bueno, pero Eddie te quiere. No tiene por qué pasarte lo mismo que con Luca.

—Ya lo sé, pero...

—Entiendo que los viejos fantasmas te estén poniendo nervioso, en serio, pero —sonrío pensando en lo próximo que le voy a decir— os he oído. No creo que tengas nada que envidiarles a los brasileños.

Por fin, veo que Simo ríe y se relaja.

—Sí, es verdad. Yo también estoy bueno, ¿no?

Se levanta y me hace un pequeño pase de modelos. Suelto una carcajada.

—Sí, buenísimo.

Se sienta de nuevo a mi lado un poco más tranquilo.

—Se marcha la semana que viene. Me había invitado a ir con él, ¿sabes?

Estoy a punto de estrangularlo.

—¿Te ha invitado al congreso y tú estás aquí haciendo un drama de todo esto porque crees que va a liarse con otro?

Dios, si Simone saliera con Pablo no habría en el mundo tarrinas de helado suficientes para él. Al final Eddie no va a ser tan malo.

—Bueno, ya sabes que estaba guardando los días que me quedan de vacaciones para volver a casa por Navidad. Si los gasto ahora en irme con Eddie a Brasil a mi *mamma* le dará un infarto.

Me río al pensar en la mía y en lo que pasaría si le dijese que no vuelvo a casa para las fiestas. Lo cual me recuerda que tengo que comprar el billete o me costará un ojo de la cara.

El plan es que el día veintidós de diciembre el gordo de Navidad y yo hagamos nuestra entrada triunfal en España.

—Lo único que no sé es... —se queda callado.

—¿Qué? ¿Qué pasa?

—Iba a pasar el día de Acción de Gracias con él y su familia. Iba a presentarme como su pareja oficialmente.

¡Vaya con Eddie!

—¿Y ahora no tienes con quién celebrarlo? —pregunto.

Asiente con la cabeza.

—¿Y dónde ves tú el problema? Sabes que Miguel y yo vamos a comer con Neri y Piot. Te adoran. Vente con nosotros, cuantos más seamos mejor lo pasaremos.

Simo se abalanza sobre mí y me abraza.

—Mira que estás sensible, ¿eh?

Es mi primer día de Acción de Gracias y Simo y yo hemos estado siguiendo el desfile de Macy's en Nueva York por la tele, emocionados como dos chiquillos. Hace apenas un cuarto de hora, Miguel ha venido con el coche a recogernos para ir a casa de Neri.

La boca se me hace agua en cuanto cruzo la puerta y veo los platos sobre la mesa. No falta nada. Pavo al horno acompañado de pan de maíz y salsa de arándanos además de un montón de guarniciones distintas. Así, a primera vista, detecto judías verdes, boniato y puré de patata. Me asomo a la cocina y veo que hay varios pasteles sobre la bancada.

—¿De qué son, Neri?

Está emocionada de tenernos a todos en casa y ha querido darnos un día lo más tradicional posible.

—Pastel de calabaza, el más popular, pero me parecía poca cosa.

No puede parecerle poca cosa, teniendo en cuenta la cantidad de comida que hay sobre la mesa.

—Así que he preparado también un pastel de manzana y otro de chocolate. Este no es tan típico —me guiña un ojo—, ¡pero sé que os encanta!

Simone está ya sentado a la mesa relamiéndose ante los apetitosos platos. Miguel y Piot se sientan también, y Piot abre el magnífico Cabernet Sauvignon del Valle de Napa que ha traído Miguel.

Piot nos obsequia con un pequeño ritual y amago una sonrisa mientras veo cómo inclina la copa para observar el vino, luego lo remueve, lo huele y lo saborea.

—Exquisito —sentencia.

Neri y yo los miramos atónitas desde la puerta sin poder evitar reírnos.

—Piot no tiene ni idea de vinos —dice en voz baja—, pero no lo admitirá nunca delante de un entendido como Miguel.

—¿Entendido?

Ahora soy yo la que me río. A Miguel le gusta el buen vino, sí, pero no es un entendido ni mucho menos. Sabe exactamente lo mismo que yo. Es decir, lo que nos dijo ayer la encargada de Williams & Sonoma cuando fuimos a comprar la botella.

Neri asiente con admiración.

—Por cierto, ¿ya lo conoce tu madre?

¿Mi madre? Por Dios, si solamente llevamos juntos, ¿cuánto? ¡Un mes!

—No, Neri, no lo conoce aún —respondo—. Le he mencionado algo acerca de un chico, y que es español —eso le ha gustado mucho—, pero no, no los he puesto a hablar por el Skype. Llevamos muy poco tiempo y sería incomodísimo, al menos para él y para mí.

—¿Así que lo he conocido yo primero? —pregunta alborozada

Asiento con la cabeza. En cierto modo, estoy presentando oficialmente a Miguel a mi familia. Al menos, a mi familia «americana».

—Prefiero que lo conozca en persona cuando vayamos a casa por Navidad. ¡Al fin y al cabo, está a la vuelta de la esquina!

Me entristezco al pensar en la Navidad y en mi vuelta a casa porque lo primero que me viene a la mente es María. Espero que las cosas mejoren cuando esté allí y nos veamos en persona.

Decido desterrarla de mis pensamientos, al menos por el momento. Estoy rodeada de personas que me quieren y de un montón de apetitosos platos que me están pidiendo a gritos que me los coma. Tomo nota mentalmente de dejar un compartimento libre en mi estómago para poder catar todas y cada una de las tartas que reposan en la cocina.

Me acerco a la mesa y veo como Miguel se levanta para, como un perfecto caballero, ayudarme a acomodarme en la silla. Luego me acaricia suavemente los hombros y me da un suave beso en la mejilla.

—¿Te había dicho que hoy estás preciosa? —me susurra al oído.

Vuelve a sentarse en su sitio y yo lo miro sonrojada. ¿Es posible que un simple comentario y un beso en la mejilla me estén dando ganas de...? ¡Esto es el colmo! Parezco una cría. Llevamos un mes juntos. Tendría que ser un poco más inmune a sus encantos. Por lo visto no lo soy. Me observa divertido e intuyo que una vez más es capaz de leerme la mente. Me guiña un ojo y continúa su conversación con Piot y Simo como si nada. ¿Qué le vamos a hacer? Hoy es un día para pasar en familia, tendré que saciar mis ganas con la comida. Cosa que tampoco es que me desagrade, para qué lo vamos a negar...

Unas cuantas horas y bastantes alimentos ingeridos después nos despedimos de Neri y Piot. Ha sido una velada muy agradable y sé que ellos están especialmente agradecidos. Casi parecíamos una familia.

Miguel se detiene frente a nuestra casa y se gira hacia Simone antes de que este se baje del coche.

—¿Te importa si te la robo esta noche? —le pregunta con una sonrisa pícara.

¿Perdona? ¿No tendrías que preguntarme a mí dónde quiero dormir?

—Toda tuya —responde Simone tocándose la barriga—. Estoy tan lleno que me siento incapaz hasta de mantener una conversación. Solo quiero tomarme una manzanilla e irme a la cama.

Dicho esto sale del vehículo, se despide de mí con la mano y sube las escaleras del portal.

Me giro hacia Miguel con el ceño fruncido.

—¡Venga ya! —exclama riéndose—. No puedo creerme que te hayas enfadado. ¿Qué es lo que he hecho ahora?

—¿No crees que deberías haberme preguntado a mí si quería quedarme a dormir en tu casa? —respondo haciéndome la indignada.

Se acerca un poco hacia mí y me acaricia delicadamente los muslos por debajo de mi suave falda rosa de seda. ¡Vale, ahora ya no puedo pensar! Me coge por la barbilla y me besa con firmeza. Cuando consigo reaccionar y volver a abrir los ojos me observa y esboza una sonrisa.

—¿En serio piensas que tenía que preguntártelo? —me besa una vez más—. Yo creo que ya me has respondido.

¡Bah! Así es imposible discutir, eso es hacer trampas.

—No juegas limpio, ¿sabes? —digo irritada.

—Es posible —murmura mientras pone el coche en marcha—. Pero no me negarás que te encanta que lo haga.

Me niego a responder. Sabe perfectamente que me encanta y sabe que llevo toda la noche deseándolo. ¿Qué necesidad tengo de discutir? Ah, soy quejica por naturaleza.

Una vez que llegamos a su casa, Miguel no se anda con rodeos.

Antes de que pueda protestar ni una sola vez me coge en brazos y me lleva hasta su dormitorio. Estoy a punto de renegar cuando me deja caer sobre su cama, se tumba delicadamente sobre mí y me besa. Al instante, decido que no tengo queja alguna y, una vez más, me dejo llevar.

En algún momento en medio de la noche me despierto. Tengo sed. Bastante lógico teniendo en cuenta que he comido hasta reventar. A tientas, busco el móvil en la mesita de noche para iluminarme, pero no lo encuentro. Tampoco encuentro las gafas. Seguro que mi bolso se quedó ayer tirado en cualquier parte y lo dejé todo dentro. Palpo la pared buscando el interruptor de la luz, pero tampoco doy con él. Bueno, tendré que ir a oscuras.

Me levanto y camino despacio para no despertar a Miguel. Un paso y luego otro. Apoyo las manos en la pared para no chocarme con nada. Bien. Sigo avanzando con cuidado.

—¡Ayyyyyyyy! ¡Ay, ay, ay!

¡Mierda! Acabo de chocar con algo. Acabo de darme un golpe tremendo en el pie izquierdo. Como no podía ser de otra forma, voy descalza. Me siento en el suelo y me froto dolorida el empeine.

De repente se enciende la luz. Y miro sorprendida a mi alrededor. ¡Vaya!, he tirado el galán de noche al suelo. Miguel me observa desde la cama sin saber muy bien lo que pasa.

—Tesa, ¿qué haces? —pregunta frotándose los ojos—. ¿Pensabas irte sin avisar?

Por favor, solamente quería beber un poco, pero es que hasta eso lo hago difícil.

—Iba a por un vaso de agua —digo lentamente—, tenía mucha sed. Hemos cenado mucho.

Me mira aliviado. ¿En serio pensaba que iba a irme? Llevamos un mes juntos, si estoy con él es por algo. ¿Cómo voy a irme en medio de la noche sin avisar?

Se incorpora y se acerca a mí. Me da la mano y me levanta. Lo abrazo con fuerza y lo miro a los ojos. No quiero que piense ni por un segundo siquiera que puedo ser capaz de marcharme.

—No voy a ir a ningún sitio —murmuro—. Quiero estar contigo.

Parece como si tuviera miedo de que me fuera. Me acaricia el pelo y me ayuda a llegar hasta la cama. El golpe no es nada del otro mundo, pero probablemente mañana me saldrá un buen moratón.

—No te muevas de ahí. Ahora te traigo el agua.

Unos minutos después ya he aplacado mi sed y las luces vuelven a estar apagadas. Me acurruco de lado en la cama intentando volver a dormirme, Miguel se tumba junto a mí y me toma entre sus brazos. Ya estoy casi dormida cuando lo escucho decir algo.

—Te quiero, Tesa.

Apenas ha sido un susurro. Pero las palabras están ahí. Flotando en el aire. ¡Miguel me quiere! Si no estuviera tan cansada y no me doliese tanto el pie probablemente me pondría a dar brincos por la habitación. Con una sonrisa de felicidad en la cara, caigo rendida al instante.

CAPÍTULO 11

La reclamación

Me despierto de golpe al escuchar una melodía del iPhone que me es familiar. La alarma. Miro mi teléfono, pero yo no he puesto el despertador. Son solo las siete de la mañana. Y hoy no he de ir a trabajar. Odio despertarme temprano cuando no he de hacerlo. ¿Qué pasa?

—Tengo un par de reuniones a primera hora —dice Miguel somnoliento mientras se incorpora—, pero terminaré pronto. ¿Por qué no te quedas aquí en casa descansando y comemos juntos?

Musito un sí por respuesta y continúo durmiendo. Oigo el sonido de la ducha y, unos instantes más tarde, Miguel se acerca a la cama para despedirse de mí. Me da un beso en la frente y yo abro los ojos. Va vestido con un elegante traje de chaqueta gris, una camisa blanca y una corbata azul. Lleva el pelo engominado. Está guapo, pero no me gusta. Me recuerda a su otro yo. Ese yo antipático y preocupado por el trabajo.

—¿Acaso te obligan a engominarte el pelo? —gruño.

Miguel me mira sorprendido.

—Pues no —titubea—, pero voy mucho más arreglado así y... tengo dos reuniones.

—Sí, eso ya me lo has dicho —pongo cara de disgusto—. Me gusta cuando no te pones nada en el pelo y yo puedo pasarte la mano y acariciártelo.

—Si eso es todo lo que te preocupa, cuando vuelva a casa me quitaré la gomina.

Sonrío. Eso está mejor.

—Anda, duerme un rato más. Aprovecha tú que no trabajas.

Me acurruco de nuevo y cierro los ojos. Miguel me da un beso más, esta vez en los labios, y un hormigueo recorre mi cuerpo.

—¡Volveré sobra la una! —grita desde la puerta.

Ummmm, eso me deja unas cuantas horas para seguir durmiendo. De todas formas, será mejor que yo también me ponga una alarma, no sea que cuando venga me pille todavía en la cama.

A las once suena la alarma y me despierto de un brinco. ¡Hay que despertarse con energía! Tengo dos horas para arreglarme. A pesar de que soy lenta es tiempo más que suficiente. Por desgracia, no podré cambiarme de ropa porque no se me ocurrió subir a casa a coger otra para hoy.

Veo que Miguel se ha preparado café esta mañana, así que me sirvo los restos junto con un poco de leche en una taza y la caliento en el microondas. Necesito un poco de cafeína para despejarme. Me doy una ducha rápida y me visto. Miro el reloj: las doce. Miguel no llegará como pronto hasta la una. Eso, si sus reuniones no se alargan, y no me apetece estar encerrada en casa. Me asomo por la ventana y veo que hace buen día, así que decido que lo mejor será salir a dar una vuelta. Encuentro un bloc de notas pegado a la nevera y me dispongo a escribirle una nota. Por si llega antes que yo. Lo que no veo por la cocina es ningún boli. Debe de haber alguno por algún cajón. Aunque sé que no se debe cotillear me pongo a abrir uno tras otro los cajones de la cocina. Pero nada, que no hay manera de encontrar un bolígrafo. Así que empiezo a rebuscar en los del salón.

Es al abrir el cajón que hay bajo el mueble del televisor cuando lo encuentro. No el bolígrafo precisamente. Es una hoja de papel que me resulta extrañamente familiar. Una hoja de reclamación de mi compañía aérea. Sin poder evitarlo, la leo.

Sostengo el papel entre mis manos y lo miro incrédula una y otra vez. ¡No, no y no! No es posible. Lo que acabo de leer no puede ser verdad.

Las lágrimas me caen por la cara.

Tengo que irme de aquí. Tengo que salir de esta casa. No puedo mirarlo a la cara. No después de lo que acabo de descubrir.

Estoy a punto de largarme cuando me lo pienso mejor. Yo no soy una cobarde. Y menos después de todo por lo que he pasado. Es hora de empezar a afrontar las cosas. Leo con detenimiento la reclamación. La efectúa el pasajero del vuelo Valencia-Madrid de las ocho de la mañana Miguel Rodríguez.

Me cuesta asimilar las palabras y releo las líneas una y otra vez.

El texto lo deja muy claro. Él estaba facturado en el vuelo y, sin embargo, yo le di una tarjeta de embarque en lista de espera. Está claro que alguien cometió un error al hacer su trabajo y Miguel exige que despidan al responsable.

Trago saliva. Me tiemblan las manos. Sé que no me despidieron porque él lo escribiera en una reclamación, pero es cierto que hubo una irregularidad. Una irregularidad que se hizo con mi clave. Una irregularidad que alguna de mis supervisoras debió de detectar y que, claro está, llegó a oídos de Lourdes, mi jefa.

Pero yo siempre he trabajado bien. No tenían ninguna queja de mí. Estoy segura de que si esta reclamación no hubiera llegado a manos del departamento de Servicio al Cliente... Bueno, probablemente me hubieran echado una bronca y punto. No creo ni que hubieran llegado siquiera a sancionarme.

Lo peor de todo es que yo había confiado en él, lo había perdonado... Me repugna. Y pienso decírselo. A la cara. Esta vez no voy a huir.

Me desplomo sobre el sofá y dejo caer el papel al suelo.

Miro el reloj de nuevo. Bien. Ya son las doce y media. Miguel llegará pronto. Mientras espero a que regrese a casa soy incapaz de parar de darle vueltas a la cabeza. Revivo todos nuestros encuentros una y otra vez. Recuerdo sus besos, sus caricias, sus palabras... y todo eso hace que sea más difícil de asimilar lo que pone en ese papel. Sabía que aquel día se había enfadado, sabía que estaba disgustado y me parece lógico que pusiese una reclamación. Hasta yo lo habría hecho. Podía esperarme que se quejase de que hubiera una sobreventa de billetes, que pidiese alguna compensación económica más, ¡no lo sé! Pero nunca me hubiera imaginado que exigiría el despido de una empleada.

Aunque no puedo creerlo, así es, Miguel pidió que me despidiesen. Desconsolada, me derrumbo y me echo a llorar. Cojo tal berrinche que no escucho el ascensor, ni las llaves al abrir la puerta, ni los pasos que avanzan por el salón. Miguel se sienta a mi lado y me abraza.

—¿Qué ocurre, cariño? —Como no respondo, me

sujeta con más fuerza y me coge de la barbilla para obligarme a mirarlo a la cara—. ¿Ha pasado algo?

Lo aparto de un manotazo y me incorporo. De repente, me siento incapaz de decirle todo lo que pasa por mi mente. Cuando lo miro, no puedo evitar recordar nuestros últimos momentos juntos anoche, en su cama. Anoche, cuando me dijo que me quería.

Me seco las lágrimas de la cara, recojo la reclamación del suelo y le tiendo la hoja. Él la mira confuso. Le cambia la expresión al darse cuenta de lo que es. Se pone de pie y, temeroso, se acerca a mí.

—Tesa... yo... —parece abatido—. No sé qué decir.

Trata de abrazarme. Pero no quiero ni que me roce.

—No me toques —susurro furiosa—, no quiero volver a tener nada que ver contigo.

Se queda paralizado.

—No, escucha —implora—, tienes que dejar que te lo explique.

—¿¿Que me lo expliques?? —grito—. ¿Qué es lo que me tienes que explicar? ¿Que por tu culpa perdí mi trabajo? ¿Que por tu culpa tengo que vivir lejos de mi familia y de mis amigos?

—Hiciste algo mal en tu trabajo y yo puse una reclamación. ¡De acuerdo! Pero yo no soy el culpable de lo que pasó, no es justo que lo insinúes.

—Lo que no es justo es que en todo este tiempo hayas sido incapaz de contarme lo que habías hecho —siseo.

—Lo intenté...

—¿De verdad? ¿Cuándo? ¿Aquella noche en el Top of the Hub? —inquiero—. Por favor, ahora no me vengas con que no sabías cómo decírmelo.

—Pero es que no sabía cómo decírtelo —insiste—. Sabía que no lo entenderías, sabía que pasaría esto. No quería estropear lo que teníamos.

—¿Y qué esperabas? ¿Que te diera las gracias? —pregunto sarcástica.

—No, no esperaba que me dieras las gracias, pero pensaba que ya que habíamos empezado de cero, podrías perdonarme. Creía que había algo entre nosotros.

Lo miro furiosa.

—Tú lo has dicho: *había*.

Miguel se acerca a mí, me mira a los ojos y me habla con toda la calma de que es capaz.

—¿Estás segura de que quieres tirar esto por la borda, Tesa?

Una vez más, las lágrimas me vienen a los ojos.

—Has sido tú quien lo ha estropeado todo.

Miguel me mira, pero permanece callado. Ya no lo soporto más. Sin decir una palabra, cojo mis cosas y salgo de su apartamento sin volverme a mirarlo.

CAPÍTULO 12

Cena entre amigos

Estoy sentada en el sofá de mi casa, viendo *Sexo en Nueva York* y esperando que llegue Simone. No sale hasta las ocho. Más le vale darse prisa porque en lo que va de día ya me he comido una pizza, una caja de donuts, un tarro de helado, ganchitos, un paquete de Chips Ahoy y ¡no sé qué más! Básicamente todo lo que he ido encontrando por la cocina. Ahora estoy planteándome atacar los paquetes de patatas fritas o los cacahuetes con miel. Tendría que dejar de comer, pero es inevitable hacerlo cuando estoy deprimida.

Me levanto del sofá y empiezo a rebuscar por los armarios de la cocina. Los cacahuetes no están por ningún sitio. Recuerdo que fui yo quien hizo la compra la semana pasada. Traje varios paquetes. Es imposible que Simo se los haya zampado todos. Meto la cabeza dentro de la despensa con la esperanza de localizarlos. La puerta de casa se abre de golpe y, del susto, me choco contra el armario. Esto ya es el colmo. Llevo un moratón en el pie y ahora también voy a llevar un chichón en la cabeza. ¿Qué más me puede pasar? Bueno, no creo que me pase nada peor que lo que me acaba de pasar con mi novio, o ¿tendría que calificarlo ya como exnovio?

—*Mamma mia!* —exclama Simo al entrar en casa y presenciar el caos en el que estoy sumida.

—Hola —musito mientras me froto la cabeza.

—¿Se puede saber qué demonios ha pasado aquí? —dice sin apartar la vista del desastre en el que he transformado la cocina y el salón. Cuencos de helado, platos y vasos sucios amontonados en la pila y, a mi alrededor, paquetes de patatas, envoltorios de chocolatinas y clínex arrugados. Frunce el ceño.

—¿Tú no estabas en casa de Miguel?

—Estaba —respondo sentándome de nuevo en el sofá y fijando la mirada en la tele. Carrie está a punto de romper su compromiso con Aidan. Igual que yo acabo de romper con Miguel.

—Eso ya lo veo. —Lo ignoro y subo el volumen—. Lo que quiero saber es *por qué* no sigues allí.

—¿Te supone algún problema que esté en casa? ¿Querías quedarte a solas con Eddie?

—¡Qué bobadas dices!

—Sí, es verdad, es una bobada. Teniendo en cuenta que no vais a hacer nada que yo no haya oído ya, no creo que os moleste mucho mi presencia —respondo irónica.

Simone se acerca al televisor y lo apaga bruscamente.

—¡Eh! Lo estaba viendo...

—Tú lo has dicho: *estabas* viéndolo. Y ahora, deja de tratarme como si yo fuera el causante de todos tus males y cuéntame de una vez qué narices ha pasado.

Estoy a punto de abrir la boca cuando me interrumpe.

—¡Y no me vengas con que no te pasa nada porque no me lo trago!

—Es por Miguel.

—Sí. Eso era obvio.

—Puso una reclamación. Por el *overbooking* —añado.

—Bueno, eso también era obvio, ¿no? —dice tanteándome—. Quiero decir que, con lo que se enfadó cuando no pudo subir a su vuelo, tiene lógica.

—Supongo.

—Venga, Tesa. Me contaste que se puso hecho una furia aquel día, ¿de qué te extrañas ahora? No es para tanto.

No respondo.

—¿Qué más te da que pusiera una reclamación?

Cojo aire.

—Pidió que me despidiesen. —Simo se queda

petrificado—. Venga, di algo, ¿eso también es normal?

Tras pensárselo un poco me responde:

—¡Vale! No es lo mejor que pudo haber hecho, ¿y qué? Probablemente te hubieran despedido igualmente.

—Eso no lo sabemos.

—No, no lo sabemos —admite—, pero el mal ya está hecho. ¿Qué explicación te ha dado Miguel?

—Ninguna.

—¿¿Cómo que ninguna?? —me mira sorprendido—. No lo entiendo.

—Es que no le he dejado que me explicase nada.

Simone se deja caer en el sofá y suspira.

—¿Siempre tienes que ser tan orgullosa?

—¿Orgullosa?

—Sí, orgullosa. Si yo no lo hubiera invitado en Halloween ni siquiera lo hubieras perdonado. Es un tío encantador y estás dispuesta a perderlo.

—No es culpa mía.

Simo alza los brazos al cielo.

—¡Claro que sí! No le has dejado ni abrir la boca y le gustas de verdad, ¡lleváis un mes saliendo! ¿No crees que deberías dejar que se explique?

Noto un nudo en la garganta.

—No. Si no hubiera escrito esa reclamación ahora mismo estaría en Valencia.

—¡Exacto! Tendrías que darle las gracias.

Lo miro extrañada.

—Si no fuera por él no estarías aquí, no hubieras cambiado de vida. ¡No nos hubiéramos conocido!

Estoy tan furiosa que ni las emotivas palabras de Simo me hacen ver el lado positivo. Me seco las lágrimas con la mano y me sueno la nariz.

—Tesa, te estás equivocando con Miguel —me advierte—. Al menos tendrías que hablarlo con él. Cuando te des cuenta de lo que has perdido, te arrepentirás. Te quiere de verdad.

Me levanto para encender la televisión y subo el volumen una vez más para no escuchar mis pensamientos. Las palabras de Miguel resuenan en mi mente una y otra vez: «Te quiero, Tesa».

Desde que descubrí la reclamación no he vuelto a hablar con Miguel. Me llama todos los días, pero no descuelgo y me envía mensajes pero los borro sin leerlos siquiera. No me interesa lo que tenga que decirme. Sus palabras no van a arreglar lo que hizo. Desgraciadamente, esto no hace que me sienta mejor. De hecho, me siento peor. Me siento peor porque lo echo de menos. No puedo negar la realidad.

Tengo la esperanza de ir a mejor conforme pasen los días pero, de momento, no es así. No hablo apenas con mis padres porque estoy segura de que notarán que estoy mal y ya he rechazado dos invitaciones de Neri para ir a comer a su casa. ¿Qué iba a decirles cuando me preguntasen por Miguel? Y Simone... Bueno, aunque lo tengo siempre que lo necesito, está demasiado ocupado con Eddie ahora que ha regresado del congreso y, últimamente, pasa más tiempo en su casa. No es que me moleste, yo era la primera que me quejaba por tenerlos aquí a todas horas, pero no voy a negar que sin él me siento un poco sola.

Solamente disfruto y desconecto cuando estoy en la librería. Necesito tener la mente ocupada y, por eso, cuando la señora Rivers decide montar sesiones de cuentacuentos yo me presto voluntaria para organizarlas. Cuanto más tiempo pase en el trabajo, menos pasaré pensando.

No quiero pensar en nada, no quiero pensar en el despido, no quiero pensar en la vida que tenía y, sobre todo, no quiero pensar más en él. Por desgracia, hoy es viernes y mañana no me toca cubrir el turno del sábado en la tienda, lo que significa que hasta el lunes por la mañana tengo un largo fin de semana ante mí.

Después de cuadrar la caja, me despido de mis compañeros y decido volver a casa paseando en vez de en metro. Puede que el aire fresco me siente bien y me despeje la mente. Por desgracia, cuando salgo del Prudential Center no puedo evitar mirar de reojo hacia el portal de Miguel. Entonces los veo.

Ella le rodea la cintura con el brazo y él se lo pasa

por encima de los hombros. Ella es menuda y luce un perfecto corte *bob* en su pelo rubio ceniza. Lleva unos vaqueros azul claro acampanados, una sencilla camiseta blanca cubierta por una gruesa rebeca de punto color marrón y una palestina multicolor al cuello. Tiene cierto aire bohemio. No pegan nada. Él lleva su elegante traje de chaqueta gris y el pelo engominado. Me recuerda al día que lo conocí. Solo que hoy no parece amargado; de hecho, parece bastante feliz...

¡No puedo creerlo! ¡Solo ha pasado una semana desde que discutimos y ya sale con otras! Los observo con detenimiento. Se sonríen con complicidad y charlan animadamente. Siento una punzada de celos. ¿Quién demonios es esa chica? ¿De dónde ha salido? No debería importarme. Soy yo la que no quiere saber nada de él. No me merezco estar con alguien así. Me merezco algo mejor.

Me repito estas palabras a mí misma una y otra vez. Puede que de tanto decirlas al final me las crea. Entran en el portal y, cuando los pierdo de vista, no puedo evitar preguntarme si no estaré cometiendo un error.

Al llegar a casa he desechado ese pensamiento. Sé que estoy siendo rencorosa, pero no puedo evitarlo, ni siquiera ahora, después del dolor que he sentido al verlo con otra. No puedo perdonarlo.

Abro la puerta y me encuentro a Simo y a Eddie en la cocina. Está todo hecho un desastre: hay restos de harina y huevo por todas partes. En el horno hay enganchados unos palitos de madera de los que cuelgan miles de espaguetis. Están haciendo pasta casera. No me escuchan entrar porque están demasiado ocupados preparando las albóndigas de ternera. Me froto las manos para entrar en calor, he venido paseando y se nota que ya estamos en diciembre. He de ponerme ropa más abrigada, el día menos pensado caerá la primera nevada. Unos guantes no me hubieran venido nada mal.

Sin embargo, aquí el ambiente es cálido y hogareño, huele a salsa boloñesa y el iPod de Simo resuena por los altavoces Bose. La voz de Cher invade la casa. También las de Simo y Eddie.

—*Do you believe in love after loveeeeeeeeeeeeeeeee.*

Los dos canturrean a dúo mientras enharinan las pelotas de carne picada. A pesar de lo disgustada que estoy, no puedo evitar esbozar una sonrisa.

Hay una botella de vino tinto abierta y, de vez en cuando, se detienen a dar un sorbo, se dan un beso y siguen a lo suyo. Llevo un rato observándolos en silencio y, al verlos tan felices, me pregunto si no me habré equivocado con Eddie.

El timbre interrumpe mis pensamientos.

—*Cazzo*, ya están aquí —masculla Simo—, y la cena sin terminar.

Lo miro divertida y, súbitamente, se percata de mi presencia.

—¿Cuánto rato llevas ahí? —pregunta suspicaz.

—El suficiente —río—. ¿A quién esperáis? —inquiero señalando la puerta.

Simo abre la puerta sin preguntar siquiera y me encuentro con que nuestros visitantes no son otros que Daniele, Chiara, Antonella, Flavio y Renato. ¡Qué alegría!

—Le conté a Eddie que estabas un poco deprimida —susurra Simo mientras los invita a entrar—, y pensó que sería una buena idea organizar una cena con amigos. Ya sabes, para distraerte un poco.

Me quedo sin palabras. No sé qué decir. ¿Todo este despliegue es por mí? Y además, ¿ha sido idea de Eddie? Eso sí que no lo esperaba. Si no me soporta. Miro extrañada a Simo, quien asiente sonriente.

No me queda otra que darle las gracias. No quiero parecer maleducada. A regañadientes me arrastro hasta la cocina, donde está terminando de preparar la pasta, mientras dejo a Simo acomodando a nuestros invitados a la mesa.

—¿Necesitas ayuda? —pregunto como quien no quiere la cosa.

Eddie está removiendo la pasta con una gruesa cuchara de madera. Huele de maravilla. Pasta casera. Levanta la cabeza y sonríe.

—Tienen buena pinta, ¿verdad? —No puedo ne-

garlo—. Tranquila, Tesa, ve a sentarte con los demás.

—Vale. Esto... ¿Eddie?

—¿Sí?

—Gracias. —Me mira extrañado y yo señalo a Simo
y a los demás—. Por la cena, por querer animarme.

—No hay de qué, mujer —responde quitándole
importancia.

Pero yo sé que sí la tiene. Porque sé que no nos hemos llevado especialmente bien y porque no me he
mostrado amable con él en ningún momento. Más
bien lo contrario. Si se ha preocupado por mí ha sido
por Simone, porque soy su amiga. Y eso dice aún
más de él. Ha pensado en Simo en vez de en él mismo y eso no puede significar más que una cosa: que
lo quiere de verdad.

Ya me cae un poquito mejor.

Nos sentamos a la mesa frente a unos abundantes
platos de espagueti boloñesa, pan de ajo, ensalada de
tomate y *mozzarella* y copas rebosantes de vino. Hablamos todos a la vez y a voz en grito. Dios, no hay
como juntar en una mesa a un montón de italianos y
una española. Eddie, al ver que es imposible que ba-
jemos el tono de voz, se une al jaleo.

—Flavio, ¡no te comas mis albóndigas! —dice
Antonella dándole un manotazo y haciendo que la
albóndiga salte por los aires.

—Pero, Anto, si tú no vas a comértelas todas. —

Pone cara de pena, pero ella lo mira enfurruñada y todos reímos. Siempre están igual.

—Un brindis por Flavio y Antonella —propone Daniele—. ¡Y por sus interminables discusiones!

Alzamos nuestras copas y brindamos. Ellos se besan apasionadamente mientras los vitoreamos.

—Ah, discutimos mucho, pero también nos reconciliamos —Flavio nos guiña un ojo.

—En cambio nosotros... —replica Daniele mientras agarra a Chiara por la cintura—, apenas discutimos. Pero no tengo queja alguna sobre las... ejem... reconciliaciones.

Chiara se sonroja y brindamos de nuevo. De pronto, Eddie se pone en pie y todos lo observamos expectantes.

—Yo también quiero proponer un brindis.

Qué bonito, va a brindar por Simo y por él. Por su relación. No es tan malo como yo pensaba.

—Por Renato —dice alzando su copa.

¿¿Perdona?? ¿Cómo que por Renato? ¿A qué viene eso? ¡Tu novio es Simone! Lo miro malhumorada. ¿Qué clase de broma pesada es esta? Sin embargo, me percato de que Simo no está para nada alterado y de que se pone en pie, besa suavemente a Eddie y alza también su copa.

—Por Renato.

Bueno, esto sí que no lo entiendo. ¿De qué va esta historia? Los demás no parecen tan sorprendidos como yo, así que está claro que me he perdido algo.

—Porque gracias a él —continúa Eddie—, he conocido a mi media naranja.

—Disculpad —interrumpo—. Me parece que no lo pillo. ¿Qué tiene que ver Renato en todo esto?

—¡Estás tan metida en tus historias que no te enteras de nada, Tesa! —Simone entorna los ojos—. ¿Se puede saber en qué estabas pensando cuando te conté todo lo de Eddie?

Me sonrojo al darme cuenta de que me pasé el tiempo pensando en Miguel, en lo que había estado a punto de suceder ¡y en que Simone nos había interrumpido!

—Si no me hubieses interrumpido con tu llamada yo no habría tenido la mente en otra parte y te habría prestado atención.

—Ahora la culpa de que no me escuches será mía...

—No discutáis —interrumpe Renato diplomáticamente—. Yo se lo explicaré.

Renato da un largo sorbo a su copa de vino y se dispone a narrar la historia. Yo espero intrigada. ¿Qué puede tener que ver un tío bueno como Renato con Eddie y Simo?

Estoy tumbada sobre el sofá. Los italianos ya se han ido, hemos recogido la mesa y Simo, Eddie y yo charlamos animadamente. No paro de darle vueltas a la cabeza. Estoy en *shock*.

¡¡Renato es gay!! Y yo sin saberlo. ¡Qué fuerte! Nadie me lo había dicho, pero, claro, supongo que dieron por hecho que yo lo sabía. Después de escuchar a Renato me he dado cuenta de que vivo en Babia. No me entero de nada. Y es justo por lo que Simo me ha dicho que siempre estoy pensando en mis rollos.

Resulta que, la noche de Halloween, Renato trajo con él a su dentista —¡Eddie!— a la fiesta que dimos en casa y el flechazo fue instantáneo. Pero no con Renato. Al ver a Simo se quedó prendado de él. Por suerte, Renato se lo tomó bien y no se enfadó. Ya puede dar gracias Simo de haberle robado el ligue a Renato y no a mí. Estoy segura de que yo seguiría enfadada con él.

Estoy imaginando el numerito que le hubiese montado cuando suena el móvil. Un *whatsapp*. ¿Quién será?

Miro la parpadeante pantalla.

¡Vaya! Puede que todos los astros no estén en mi contra y pienso darle a Miguel de su propia medicina. Sonrío maliciosamente y Simone se percata.

—¿Y ahora qué? —bufa.

Escondo el móvil bajo el cojín.

—Nada.

—No te creo. Cuéntanoslo o te quitaré el móvil y lo leeré yo mismo —amenaza.

—¡No vas a cogerme el teléfono!

—¿Y por qué no? Al fin y al cabo, somos dos contra uno.

Suspiro. Es imposible llevarle la contraria.

—Es Roberto. Acaba de aterrizar en Boston. Quiere verme. —La cara de horror de Simo es de risa—. Mañana.

—¡NI HABLAR!

—¿¿Cómo que ni hablar??

—Lo que oyes, señorita. No voy a permitir que quedes con ese piloto de tres al cuarto.

—¡No es un piloto de tres...!

—Me da igual —me interrumpe—. He dicho que no. No vas a terminar de destrozar tu relación con Miguel por un tío que solo quiere una cosa —sentencia.

—¿Qué cosa?

—¡SEXO!

—Por Dios, que somos amigos desde hace años. Nunca ha pasado nada y no pasará mañana. —Una pequeña parte de mí desea que eso cambie. Si Miguel ya sale con otras, ¿por qué no voy a poder hacer lo mismo?

—Caerás al tercer piropo. Lo veo venir.

Pongo los ojos en blanco.

—Sí. Y luego vendrás llorando a pedirme que te consuele —añade.

—¡No te soporto! ¿Crees que voy a dejar de quedar con él solamente porque tú lo digas?

Eddie, que se ha mantenido callado a lo largo de toda la discusión, dice:

—Tesa, no quiero meterme donde no me llaman, pero, ¿estás segura de que todo ha terminado con Miguel?

—Segurísima.

—¿No crees que deberías darle otra oportunidad?

Se me hace un nudo en el estómago al pesar en él y esa rubia bohemia.

—No creo que la quisiera. Hoy lo he visto por la calle. Con otra. Y muy acaramelados.

Simo y Eddie intercambian una mirada de preocupación. Esto no se lo esperaban. Queda zanjada la conversación.

Me levanto y, sin decir una palabra más, me voy al dormitorio. Me asomo a la ventana, nerviosa. Miro el cielo. Hoy está nublado y apenas hay estrellas. Tengo sentimientos encontrados. Estoy emocionada por ver a Roberto, pero la imagen de Miguel con esa chica empaña toda mi alegría.

CAPÍTULO 13

Ya te lo dije

—¡No, no y no! —grita Simo enfurecido. Se le ha puesto la cara roja del enfado.

—¿Pero a ti qué te importa lo que yo haga?

—¡Eres mi amiga! ¿Cómo no me va importar? Dejas a Miguel, que te quiere de verdad, y vas y quedas con... ¡con *ese*!

—¡¿Y qué problema hay?!

Uf, no lo soporto cuando se pone así.

—Ah, ¿que no lo sabes? —exclama con suficiencia—. Yo te lo voy a explicar.

Eso sí que no. Me niego a escucharlo. Me doy media vuelta, salgo al rellano y cierro la puerta. Desde fuera lo escucho bramar aunque no sé lo que dice. Llamo al ascensor pero antes de que llegue se abre la puerta de casa y Simo sigue con su perorata.

—Te va a utilizar. Te dirá cuatro cosas bonitas, tú babearás por él, te arrastrará a su hotel, se acostará contigo y luego se olvidará de ti. Si te he visto no me acuerdo. Te dejará hecha un trapo y yo tendré que recoger los pedacitos. ¡Pues esta vez no cuentes conmigo! ¡Te estás metiendo tú sola en la boca del lobo!

—Es mi amigo, Simo. Solo charlaremos y recordaremos viejos tiempos —digo llanamente.

—Eso ya lo veremos —sisea furioso antes de entrar en casa y pegar un portazo.

Al salir a la calle la fría brisa me golpea la cara. El invierno definitivamente ha llegado a Boston. Me apena porque ha sido un otoño precioso. Siempre había leído que la ciudad había que visitarla en esa época para ver el cambio de la hoja. Pero ha sido más bonito de lo que me esperaba y, aunque ahora la ciudad está completamente invadida por la decoración navideña, me da la sensación de que todo es blanco y frío cuando antes era rojizo y cálido.

Espero que Roberto le dé al día un poco de color.

Observo mi reflejo en el cristal del portal mientras me enrollo la bufanda a cuadros de Burberry al cuello. Estudio mi imagen con detenimiento: botas altas marrones, *jeggins*, una blusa blanca y una gruesa rebeca azul oscuro.

Además, he estrenado un plumífero con capucha

en tono beige, muy necesario para el frío que está haciendo.

Supongo que podría haberme puesto más sexy pero hace demasiado frío para eso. Al fin y al cabo, si no ha pasado nada con Roberto en todos estos años, ¿a santo de qué tendría que pasar hoy? No es que yo fuera a poner pegas, pero está claro que no soy su tipo.

Solo somos amigos.

Tengo la cabeza embotada con tanto lío, así que como todavía es pronto decido ir paseando. He quedado con Roberto a las doce en la plaza Copley, tengo tiempo de sobra. Quizá así me despeje.

Cuando llego a la plaza no solo no se me ha despejado la mente, sino que estoy helada. El día menos pensado nevará y desde ese día hasta que vuelva la primavera me temo que tendré que transformarme en una ermitaña y salir a la calle solamente para llegar al metro y poder ir al trabajo.

Miro el reloj: las doce y Roberto no está por ningún sitio. Como no llegue pronto voy a morir de congelación.

Diez minutos más tarde empiezo a preguntarme si no me habrá dado plantón. ¡No es posible! Puede que no quiera acostarse conmigo, pero me tiene el suficiente aprecio como para no dejarme tirada sin avisar siquiera, ¿verdad?

Estoy empezando a mosquearme cuando reconozco su silueta entre la gente. Me saluda con la mano y se acerca corriendo. Cuando lo tengo a unos metros de distancia noto un pequeño hormigueo en el estómago y lamento no haberme arreglado más.

Sus ojos verdes brillan al verme y sonríe.

—Tesa, ¡no sabes las ganas que tenía de verte! —exclama mientras me abraza con fuerza.

Me sonrojo al sentir sus brazos. ¿Siempre ha sido tan guapo?

Se separa de mí y se separa para observarme con detenimiento. De arriba abajo. Dios, ahora sí empiezo a ponerme nerviosa.

—Estás guapísima —dice con un gesto de aprobación—, mucho más que con el horroroso uniforme del trabajo.

—Ni que fuera la primera vez que me ves sin el uniforme.

—No, es cierto —admite—, pero hoy estás especialmente guapa. No sabes cuánto te he echado de menos —dice zalamero.

Vale, esto ya no me lo trago. Sé perfectamente que en todo este tiempo apenas ha pensado en mí, pero no me importa. Ahora está aquí conmigo y eso es lo que cuenta.

¿Qué más da si lo que dice no es cierto? Hoy va a pasar el día conmigo y, de repente, pienso que si surge la ocasión, no seré yo quien la rechace.

Si Miguel se pasea por ahí con una chica que puede que hasta acabe de conocer, ¿qué me impide hacer lo mismo a mí? He estado colgada de Roberto durante años, sé que lo que suceda hoy no pasará de aquí pero ¿por qué no darme el gustazo? Al fin y al cabo, soy humana y ¿qué mujer en su sano juicio se resistiría a un hombre como él?

Me agarra por la cintura y a mí casi se me sale el corazón.

—¿Adónde sugieres que vayamos?

¿A tu habitación?

—Podemos ir hacia la calle Newbury y comer por allí. Así podremos charlar tranquilamente y ponernos al día.

—¡Vaya! Veo que ya has abandonado el horario español.

—No del todo —reconozco—. En casa mantengo el horario habitual, pero si sales a comer fuera es mejor adaptarse.

Paseamos por la calle cogidos del brazo, como una de esas parejas que lleva toda la vida juntas. ¿Pensará la gente que es mi novio?

—¿Y dónde vives? ¿Qué es de tu vida? ¡Cuéntame!

—Pues vivo en el North End con un compañero de trabajo...

—¿Compañero? —enarca una ceja, incrédulo.

—Sí. Con Simone. Es italiano. Y es *gay* —recalco.

—Si no lo hubiera sido seguro que no hubiera podido resistirse a tus encantos.

¿Está tonteando conmigo? No, no puede ser.

—Venga ya, Roberto, muchos hombres se han resistido a mis encantos —digo haciéndome la tonta.

—¿Ah, sí?

Asiento con la cabeza.

—Tú, por ejemplo.

Río nerviosa por lo que acabo de decir.

—Puede ser... —murmura con voz ronca—. Pero no sé si resistiré mucho más tiempo.

Vale, hace mucho frío, pero yo estoy empezando a acalorarme. Me separo de él bruscamente porque si mantengo el contacto lo que no sé es cuánto resistiré yo.

—¿Te parece bien que comamos aquí? —Señalo con la cabeza el restaurante La Voile.

—Claro, ¿por qué no?

Se trata de una *brasserie* francesa decorada con temas náuticos. De hecho, es tan francés que se trataba de un restaurante de Cannes que un americano trajo a Boston pieza a pieza. ¡Qué locura!

Pero la comida es buena. Me gusta especialmente el menú de mediodía que se basa en ensaladas, sándwiches y terrinas. Y se me hace la boca agua al pensar en la tabla de quesos que sirven de postre.

Cuando hace buen tiempo es ideal sentarse en su terraza, pero eso hoy es impensable, así que nos acomodamos en una mesa del interior del restaurante. Estudiamos la carta un par de minutos y finalmente pedimos una ensalada de espinacas, queso de cabra, tomate cherry y vinagreta de mostaza al centro, y un *croque monsieur* para cada uno. Todo regado con un buen vino rosado de la Provenza.

—Bueno, cuéntame tú. ¿Qué tal va todo por Valencia? ¿Y por la compañía? ¿Sigue todo igual?

Roberto me pone al día y charlamos animadamente, recordando anécdotas del trabajo. El vino va haciendo mella en mí porque estoy siendo mucho más elocuente de lo que suelo serlo cuando estamos juntos.

Siempre que estoy con Roberto me retraigo y la parte más tímida de mi carácter sale a la luz. Con él, pocas veces soy yo misma y nunca hasta hoy me he sentido lo suficientemente cómoda como para hablar sin complejos.

Pero parece ser que, definitivamente, el vino está cumpliendo con su cometido, porque me siento bastante desinhibida. No recuerdo haber estado con él y haber bebido excepto, quizá, en alguna fiesta de Navidad de la compañía.

Pero en esas contadas ocasiones siempre estaba rodeado por un ejército de azafatas de vuelo y, aunque me hubiera acercado para decirle algo, posiblemente ni me hubiera visto.

Sin embargo, hoy solo estamos él y yo.

Sé que si sucediera algo entre nosotros dos, no pasaría de ahí; que yo solamente sería una más en su lista, pero lo he deseado durante tantos años... Al fin y al cabo, estoy soltera, ¿no?

Inmediatamente Miguel me viene a la mente: sus ojos color miel, su pelo castaño rojizo, sus bromas que me hacen enfadar, sus besos... La respiración se me acelera. Apenas escucho lo que dice Roberto, pero asiento con la cabeza para que no se dé cuenta. Cuánto lo echo de menos. Si no lo hubiera visto con esa... si no lo hubiera visto con la rubia bohemia... quizá, hasta lo habría perdonado.

Pero ahora ya da igual, está con otra. Y yo estoy aquí, sentada con uno de los tíos más atractivos que he conocido nunca y, ¿voy a dejar pasar la ocasión por alguien que me ha reemplazado en una semana? Ya me ha dejado sin trabajo y me ha roto el corazón; esto no lo va a estropear también.

Al instante decido que, aunque no hayamos llegado a decirlo con palabras, está claro que Miguel y yo hemos roto. No nos hablamos, él sale con otra... así que sí, estoy soltera. Y si estoy soltera, ¿por qué habría de rechazar a Roberto?

Aparto a Miguel de mi mente, me bebo de un sorbo el vino que queda en mi copa y sonrío a Roberto.

—¿Pedimos otra? —digo señalando la botella vacía.

—¿Por qué no? Tenemos toda la tarde por delante...

—Y la noche —respondo atrevida.

Durante un breve instante, parece pensárselo, sin embargo, su expresión cambia y responde enseguida.

—Eso es muy cierto... —Me mira y se humedece los labios—. Tenemos toda la noche por delante. —Hace un gesto con la mano para atraer la atención del camarero y agita la botella de vino en el aire—. ¡Otra, por favor!

Copa tras copa, seguimos riendo y charlando.

—Por cierto —suelta de pronto—, llevo todo el día queriendo preguntártelo: ¿tu amiga María sigue saliendo con ese pintor?

¿A qué viene esa pregunta? ¿Es que quiere saber si está soltera para tirársela también? Hace un segundo estaba ligando conmigo, ¿no? Yo creo que sí.

Lo miro confusa.

—Sí, ese que iba a inaugurar una exposición de cuadros en Madrid. Lo he llevado varias veces en cabina. Un tío majete.

¿Majete? Esa no es la palabra que me viene a la mente para describirlo precisamente.

—Pues... —titubeo—, sí, siguen juntos.

María no me ha dicho lo contrario, aunque teniendo en cuenta que desde que vine a Boston hemos ido hablando cada vez menos, quién sabe. Hace ya un tiempo que nuestra comunicación brilla por su ausencia.

—Ah. —Parece sorprendido.

—¿Te extraña?

—Bueno... he coincidido bastante con él en la línea a Madrid... —No termina la frase.

—Es que él no quería que ella viese la exposición hasta el día de la inauguración. Quería que fuese una sorpresa.

Roberto me mira incrédulo y, tras un instante, suelta una carcajada. Ahora sí que ya no entiendo nada. ¿Se puede saber que es lo que le hace tanta gracia?

—Disculpa —musita cuando consigue dejar de reír—. Ya sé que es tu amiga y es buena chica, pero...

—¿Pero qué?

—¡Pues que es la excusa más ridícula que he oído en mi vida!

Reconozco que siempre me ha parecido un tanto extraño que Pablo pasase tanto tiempo en Madrid y no quisiese que María lo acompañase, pero como a veces los artistas son tan particulares con sus cosas... No sé, ahora las palabras de Roberto me hacen pensar que hay algo más.

—Esto... —Uf, el vino se me está subiendo a la cabeza y no pienso con claridad, pero tengo que centrarme. Algo no va bien y tengo que saber lo que es—. ¿Qué quieres decir exactamente?

—Venga, Tesa, no te hagas la tonta. ¿Por qué crees que no quiere que vaya con él? No me irás a decir que tú te habías tragado la historia de la exposición, ¿verdad?

Puedo imaginarme por dónde van los tiros, pero me cuesta atar los cabos.

—A ver que me centre. Que iba a organizar una exposición en Madrid sí es cierto, ¿verdad?

Roberto asiente.

—¿Entonces...?

—¿En serio necesitas que te lo diga?

Sé lo que me va a decir, pero hasta que no lo escuche no voy a creerlo. Roberto apura su copa.

—Pues que está con otra. Por eso no se la lleva nunca a Madrid.

¿Pablo le pone los cuernos a María? ¿Y por qué demonios está Roberto tan seguro de eso? ¿Porque eso es lo que él hace cuando sale con alguien? En qué mala hora ha sacado esta conversación.

—¿Y cómo lo sabes? —inquiero un poco molesta.

—Eh, no te enfades conmigo —se defiende Roberto—. Yo no tengo la culpa.

Cierto.

—Ya sé que no es culpa tuya —acepto—, pero voy a tener que contárselo a María y necesito saber si simplemente es una intuición tuya o si lo has visto.

—Lo he visto.

—¿Lo has visto?

—Sí. Y varias veces.

—¿Dónde?

—¡Dónde va a ser! En el aeropuerto. Casualidades de la vida, pero alguna de las veces que ha volado conmigo y he terminado la jornada en Madrid hemos salido juntos de la terminal —explica—, y siempre ha ido a recogerlo la misma chica.

No sé qué decir.

—Puedo asegurarte por cómo se besaban que no era su hermana. ¡Ya lo creo que no!

Dios, me estoy mareando. Y ya no sé si es por el vino o por la información recibida. Tengo que contarle todo esto a María. Y no sé cómo va a reaccionar cuando lo haga. Mañana sin falta voy a hablar con ella y, quiera o no, va a tener que escucharme. Voy a partirle el corazón, pero tiene que saber la verdad. No puedo ocultárselo.

Roberto rellena las copas. La segunda botella de vino ya está vacía. Menos mal que hemos comido abundantemente...

—Anda —dice tendiéndome mi copa—, vamos a terminarnos este exquisito vino y a pensar en otras cosas.

En otras cosas, ¿eh? Se me ocurren algunas.

Minutos después, hemos pagado la cuenta —bueno, la ha pagado Roberto pero para eso gana más que yo— y estamos en la puerta del restaurante. Me agarro de su brazo para no caerme. Realmente estoy mareada. No tenía que haber bebido tanto. A Roberto no parece afectarle el alcohol y se le ve mucho más sereno que a mí. Y además estoy empezando a ponerme nerviosa. ¿Qué va a pasar ahora?

Apoyo la cabeza en su hombro y cierro los ojos. Todo me da vueltas. Estoy mareada.

—Creo que necesitas descansar —murmura—. Vamos a mi hotel. Pediré un taxi.

Logro mantenerme despierta durante el breve trayecto hasta el hotel Fairmont, uno de los hoteles más lujosos y céntricos de Boston y, sin duda, un símbolo de la ciudad. De hecho, este año cumple un siglo de vida desde su inauguración.

Una vez que entramos en la habitación, tengo el tiempo justo de apreciar los elegantes muebles antes de desplomarme sobre la cama. Los tonos en azul y gris claro son relajantes y me dan aún más sueño. Necesito dormir.

Roberto se recuesta junto a mí y pega su cuerpo al mío.

—He deseado esto mucho tiempo —dice con voz agitada mientras me acaricia la espalda por debajo del jersey.

Me estremezco al sentir sus manos tocándome y me aparto ligeramente. La cabeza me da vueltas. Pero no parece dispuesto a dejarme descansar. Se sube a horcajadas sobre mí, se inclina y empieza a besarme el cuello. Estoy tan mareada que casi no soy consciente de lo que pasa.

—Desde aquella noche en que te tropezaste al subir al avión —gime con voz ronca—. Tan dulce y tan ingenua.

Roberto se acerca más a mí y me besa con rudeza. Sus labios buscan los míos desesperadamente y yo... yo, que he deseado esto tanto tiempo, solo puedo sentir una cosa.

Angustia.

Lo aparto bruscamente, me pongo en pie de golpe y salgo corriendo hacia el baño. Cierro la puerta y me siento sobre el váter. Respiro hondo. No voy a vomitar, no voy a vomitar, no voy a vomitar... Me incorporo y levanto la tapa. Justo a tiempo.

Roberto se acerca a la puerta.

—¿Estás bien?

—Sí —consigo murmurar entre una arcada y otra.

Escucho como se aleja. No es que quiera que me vea en este estado, pero ¿realmente piensa que estoy bien?

Cuando ya no me queda nada en el estómago, me levanto y me acerco al lavabo. Abro el grifo y me enjuago la boca. Cojo un tubo de Colgate de Roberto y un cepillo de dientes de los que deja el hotel y me lavo la boca a conciencia. Luego me mojo las manos, la cara y la nuca con agua fría. Ya me siento un poco más despejada.

Observo mi reflejo en el espejo.

¿Qué estoy haciendo? ¿Realmente quiero acostarme con Roberto? Me paso las manos, todavía húmedas, una vez más por la nuca. Necesito pensar con claridad. Siempre me ha parecido extremadamente atractivo y encantador, pero es un mujeriego. De eso no hay duda. Si nos acostamos, sé que no puedo aspirar a más. Como mucho, a repetir la jugada cuando vuelva a volar a Boston. A saber cuándo será eso.

Sí, hoy quiere acostarse conmigo, pero ¿y mañana? ¿Con quién querrá acostarse mañana?

Tapo la pasta de dientes y la dejo en su sitio. El reflejo de algo dorado que hay bajo el lavabo capta mi atención. Me agacho y lo recojo.

Al reconocer el objeto me siento estúpida y las palabras de Simo resuenan en mi mente: «Te lo dije, te lo dije, te lo dije». Sí, hoy quiere acostarse conmigo, mañana no sé con quién querrá hacerlo, pero ¿y ayer?

Ayer quería acostarse con Sofía, mejor dicho: ayer *se acostó* con Sofía.

El objeto dorado que acabo de recoger, la prueba del delito, no es otra cosa que una chapa identificativa de una azafata de la compañía: la de la tal Sofía.

Pensaba que, después de haber sido amigos estos años, al menos tendría un poco más de respeto por mí. Pero veo que no. Podía entender que hoy se acostara conmigo y que la cosa no pasara de ahí. Pero que, sabiendo que hoy íbamos a quedar, ayer se tirara a una azafata ¡me parece el colmo!

En un abrir y cerrar de ojos se me cae la venda y lo veo como realmente es y no como yo lo había idealizado. Vuelvo a tener náuseas, pero ahora sé qué no es culpa del alcohol. No. Es Roberto el que me da asco.

Abro la puerta y salgo del baño. Voy directa a coger el plumífero. No tengo ganas ni de discutir. Solo quiero irme a casa. Irme a casa, meterme en la cama y no salir de ella.

Roberto se percata de lo que estoy haciendo, y se acerca a mí y me coge por la cintura.

—Eh, ¿no pensarás dejarme así? —dice juguetón mientras trata de besarme en el cuello. Lo aparto de un empujón.

—Me voy a casa, Roberto —replico—. Ya no tengo ganas.

Se vuelve a acercar a mí y me coge de la muñeca.

—¿Cómo que no tienes ganas?

Me atrae hacia él y me intenta besar, pero aparto la cara.

—Lo deseas desde el día en que me conociste —me susurra al oído—, no te hagas ahora la estrecha.

—Suéltame. Lo digo en serio —siseo.

—Tesa, no te pongas así... —insiste, pero me suelta y se aparta un poco.

Me pongo el abrigo y no puedo evitar que una lágrima me ruede por la mejilla.

—Pensaba que éramos amigos —murmuro—, pero está claro que solo te interesa una cosa.

—Venga, ¿de qué te sorprendes? Sabes de sobra cómo soy.

—Tienes razón, no sé de qué me sorprendo —suspiro.

Lanzo la chapa sobre la cama.

—Me voy a casa —digo tranquilamente mientras me dirijo a la puerta.

Roberto me mira sin saber qué decir.

—Ah —señalo su más que evidente erección—, ¿por qué no llamas a Sofía para que te ayude con *eso*?

CAPÍTULO 14

Encajando las piezas del puzle

El paseo a casa desde el Fairmont —me sentía incapaz de meterme en un vagón abarrotado de gente y asarme de calor en el metro— me sienta de maravilla. Necesitaba sentir el aire helado en la cara para pensar con claridad y despejar la mente. Todavía no ha nevado en Boston, pero las bajas temperaturas anuncian que el invierno ya está aquí.

Al llegar a casa, me he puesto mi nuevo pijama de cuadros escoceses de Victoria's Secret, me he tomado un ibuprofeno y me he apoltronado en el sofá con una botella de agua mineral en la mano. Mañana es domingo y por suerte podré descansar porque la resaca que voy a tener será monumental.

Simone y Eddie —que sigue en casa desde ayer— han decidido aplazar sus juegos amatorios para más tarde y escuchan atentamente mi historia como si fuera una radionovela. ¡Oye, que solo les falta un bol de palomitas! Están callados, prestando atención a todos los detalles y Simone me hace muecas de vez en cuando. Aún no ha dicho nada pero sé que está esperando el momento. El momento de decirme: «Te lo dije». Lo peor de todo es que tiene razón. Todas y cada una de sus palabras han sido ciertas.

—Y eso es todo —digo para zanjar el tema. Casi no he pronunciado estas últimas palabras cuando Simone abre la boca—. Tú, chitón, que ya sé lo que me vas a decir. Y tienes razón. Pero ahora no estoy para sermones.

Eddie asiente.

—Tiene razón, Simo. Lo que Tesa necesita es un poco de apoyo moral, ¿sabes?

Lo miro agradecida. ¿Es posible que hace un par de días me cayese mal? ¡Si este chico es un encanto! Sonrío satisfecha.

Simone frunce el ceño, pero cede.

—¡Está bien, está bien! Tenéis razón —admite.

Tengo la boca seca. Cojo la botella y me bebo casi la mitad de golpe, necesito rehidratar mi cuerpo.

—¡Por cierto! —exclama Simo de pronto—, ¿qué vas a hacer con lo de María?

¡Uy! Estaba tan inmersa en mis propios problemas que por poco me olvido de que Pablo le está poniendo los cuernos. Menudo papelón tengo yo ahora... como si no hubiera tenido ya bastante por hoy.

—Voy a decírselo, ¿qué otra cosa puedo hacer?

—Fácil: no decírselo —responde Simo tan pancho.

—¡Anda ya! ¿Es que a ti te gustaría que yo te mintiera si Eddie —me giro hacia él y le hago un gesto de disculpa— te estuviera engañando con otro?

Se lo piensa por un instante, pero permanece firme en su convicción.

—Omitir una información no es mentir —sentencia.

Eddie y yo nos miramos, incrédulos.

—Es verdad —insiste—. Y, además, ¿no me has dicho que desde que llegaste a Boston cada vez has tenido menos y menos contacto con ella?

Asiento.

—¿Qué quieres? ¿Cargarte del todo vuestra amistad?

—¿Es que tú te enfadarías conmigo si te contara que Eddie te está poniendo los cuernos?

—¡Pues claro!

—Pero ¿qué dices? —No entiendo nada. ¿Serán los efectos del alcohol que aún corre por mis venas?—. ¿Y qué culpa tendría yo?

—Ninguna. Pero si tu amiguita María se parece en algo a mí y está tan colgada del tal Pablo como yo de Eddie —se miran acaramelados y se besan. ¡Puaj! Los odio cuando se ponen empalagosos—, estoy seguro de que no querrá creérselo. Al menos al principio.

Desde que llegué a Boston, me da la sensación de que María se ha distanciado a propósito de mí y no entiendo el motivo. Solo faltaría que se enfadara por esto.

—Pues es lo que hay. No voy a ocultárselo y dejar que siga saliendo con un capullo.

—¿Y no sería mejor decírselo en persona cuando vayas a casa en Navidad? —sugiere Eddie.

—¿Y mientras que siga con él? Ni hablar.

—Tú misma —zanja Simo—. ¡Pero luego no digas que no te lo dije!

Los tres soltamos una carcajada. ¡Si Simone no lo dice, revienta!

Un par de horas más tarde me encierro en la habitación. En España son las tres de la tarde. Teniendo en cuenta que es sábado y que por las tardes salen muy pocos vuelos desde Manises, tengo alguna esperanza de que María esté en casa, así que conecto el Skype. Veo que el usuario Maria_Claramunt está conectado. Le doy al botón.

Llamando.

Nada. Que no descuelga. Igual no está delante del ordenador y no lo oye. Segundo intento.

Llamando.

Y seguimos igual. O no lo oye o no lo quiere oír. Pues voy a mandarle un *whatsapp* para que sepa que la estoy llamando.

Te estoy llamando por el Skype. ¿Estás en casa? Es importante.

Doble *check*. Y sin respuesta. Espero un minuto. Su estado es «en línea». ¿Por qué no contesta? Lo intento de nuevo.

María, en serio. Tenemos que hablar. Dime si estás en casa y te llamo.

Que no hay manera. Uf, estoy empezando a cabrearme. ¿Qué demonios le pasa? ¿Desde cuándo no quiere hablar conmigo? Con su mejor amiga. Al menos, eso era antes. Esto es el colmo, voy a lanzarle un ultimátum.

MÁS TE VALE DAR SEÑALES DE VIDA.

El efecto es inmediato. Maria_Claramunt me está llamando. Descuelgo y, al cabo de un par de segundos, su imagen aparece en mi pantalla. Impecablemente maquillada y peinada, como siempre, pero hay algo raro en su expresión. Le pasa algo. Respiro hondo antes de hablar porque lo que menos deseo en este momento es iniciar una discusión, lo que tengo que decirle es mucho más importante.

—¡Hola! Estaba en el comedor y no había escuchado las llamadas —se disculpa.

Ya. Y yo voy y me lo creo. En fin, dejaremos eso para otro momento.

—No pasa nada. Te he echado de menos —no puedo evitar añadir.

Y es cierto. Simone es un gran amigo y soy feliz viviendo con él, pero estos últimos días me hubiera gustado poder contar con María. Hemos sido amigas tantos años... no quiero que dejemos de ser amigas solo porque hay una diferencia horaria de seis horas y un océano de por medio. No. Yo quiero saber de ella, que me cuente sus cosas, poder ayudarla con sus problemas... Buf, ahora mismo estoy a punto de crearle uno. Y bien gordo. Espero que no reaccione como Simo ha predicho.

—Yo también —admite—. Es que he estado muy liada.

No respondo. No puedo evitarlo, es que no me lo creo. Y antes que soltar una bordería prefiero mantener la boquita cerrada.

—Y, ¿cómo va todo? —dice en un tono alegre y absolutamente falso—. ¿Qué tal con ese chico que me contaste? ¿Sigues saliendo con él?

—Eh... no, lo hemos dejado —titubeo—. Ya te contaré. En realidad, te llamaba por otra cosa.

—Te escucho —responde secamente.

—Pues... esto... verás... —A ver por dónde empiezo. Será mejor que lo suelte todo de carrerilla. Así, sin pensar—. Roberto tenía ayer línea a Boston. Hoy hemos comido juntos y hemos estado charlando. Y resulta que...

—¿No me digas que por fin te lo has hecho con él? —esta vez su tono de alegría es auténtico.

Uf, eso es otra historia. Mejor no desviarnos del tema.

—No... bueno... ya te contaré —Tesa, al grano—. Resulta que me ha preguntado por ti y... —¿Por qué cuesta tanto decirlo?

—¿Y qué? —pregunta impaciente.

Cojo aire.

—Que Pablo te está poniendo los cuernos.

Ya está. Ya lo he dicho.

—¿¿Perdona??

—Lo que has oído, María. Parece ser que lo ha visto varias veces en Barajas con otra.

Al otro lado de la red solo hay silencio. ¿Se habrá colgado el Skype? No, no es posible porque veo como María se mueve. Lo que pasa es que no reacciona. Ya sabía yo que se iba a liar.

—Y... ¿y no puede ser que haya imaginado algo que no es? —titubea de súbito. Está a punto de ponerse a llorar. Se está conteniendo, lo veo—. ¿Que solo fuera una amiga?

—No. —Ojalá pudiera estar ahora con ella, poder darle un abrazo y consolarla. Verla a través de una pantalla después de haberle soltado esta bomba es de lo más cruel—. No, María, lo siento mucho. Ojalá fuera así, pero los ha visto juntos varias veces. Besándose.

No responde.

—Por eso no quería que fueras a Madrid —añado—. No es porque no quisiera que vieras la exposición, es porque cada vez que iba allí a prepararla aprovechaba para verse con ella.

Sigue sin decir nada, así que yo continúo parloteando.

—No vale la pena que te amargues por alguien como él... —Sé que esto no es más que un cliché, que es inevitable que se disguste, pero ¿qué puede decirse en un caso así?—. No te lo mereces.

—Ah, claro, yo no me merecía estar con alguien como él, ¿verdad? —dice irónica.

Eh... no. Quiero responderle que más bien todo lo contrario, pero no me escucha y sigue con su discurso.

—Y como no me lo merecía —dice con furia—, no ha de extrañarme que me haya engañado.

¿De qué va esto? ¿Va a enfadarse conmigo? No lo pillo.

—Yo no he dicho eso. No te entiendo, María... —protesto.

Las lágrimas le caen por las mejillas.

—¡Claro que no lo entiendes! No tienes ni idea de lo que he llegado a hacer por él —dice desconsolada—. Que un tío como él se hubiera fijado en alguien como yo... Sabía que era cuestión de tiempo que esto pasara... que se fijaría en otras... por eso hice todo lo que me pidió... para retenerlo... para que no me dejara...

—¡No puedes pensar eso! ¡Tú vales muchísimo!

—No, Tesa, yo no valgo nada —se tapa la cara con las manos. Avergonzada.

Algo va mal. Esto no es solo por Pablo. No es solo porque la haya engañado con otra.

A María le pasa algo más, no es propio de ella infravalorarse así.

—¿Qué te pasa María? —digo calmadamente—. ¿Por qué dices eso?

—Tesa, hice algo horrible —solloza—. Todo por él y, ¿para qué?

—Venga María, seguro que lo que hiciste no fue tan malo...

—Sí que lo fue.

—Aunque lo fuera —respondo tratando de quitarle importancia—, ya es pasado. Olvídalo.

—No puedo.

—¿Se puede saber que es eso tan horrible que hiciste? —le espeto exasperada.

María me mira sin decir nada.

—Pero bueno, ¿se puede saber qué es lo que has hecho? ¿Tan grave es que no me lo puedes contar ni siquiera a *mí*?

Se pasa la mano por el pelo, nerviosa.

—Mira, ya sé que desde que vine a Boston no hemos hablado mucho —y no ha sido precisamente por mi culpa—, pero somos amigas. Puedes contarme cualquier cosa.

—Cuando te lo cuente ya no seremos amigas.

Ahora me he perdido.

—¿De qué va esto? —estoy empezando a mosquearme—. ¿Qué pinto yo en esta historia?

—Verás, Tesa, es que... —su voz es apenas un susurro— fue culpa mía que te despidiesen.

—¿¿¿QUÉ???

—Yo desfacturé al pasajero del *overbooking*.

No. No puede ser verdad.

—Sí, es cierto, fui yo. Pablo tenía que estar en Madrid urgentemente antes de las diez, tenía una reunión importante por lo de la exposición, pero el vuelo iba lleno. Viajaba con un billete de empleado, sin plaza confirmada, y yo le había asegurado que el vuelo iba bien de plazas y que subiría sin problemas...

Recuerdo que Pablo sí que subió en el vuelo. Y recuerdo lo mucho que me extrañó en aquel momento.

—Así que cuando llegó al aeropuerto —continúa—, me senté en el mostrador que habías dejado libre para ir al lavabo, desfacturé a un pasajero al azar y rápidamente lo facturé a él.

No puedo creerlo.

—Por lo visto, tú no quitaste tu código y yo, con las prisas, no tecleé el mío. Sabía que había hecho algo malo... por eso estaba tan disgustada ese día, tenía miedo de que me pillaran. No sabía que lo había hecho con tu código. Lo siento.

No sé qué decirle. Estoy furiosa.

—Cuando te despidieron me di cuenta de lo que había pasado, pero no me atreví a decir la verdad.

—¿Cómo pudiste dejar que me despidieran sabiendo que yo no había hecho nada? ¡Que era culpa tuya! —grito enfadada.

—Sé que es terrible, pero, al fin y al cabo, tú tienes a tus padres que te apoyan, vivías en un piso suyo —se excusa—. Yo estoy sola, tenía que pagar el alquiler... Tú podías apañártelas.

Pero éramos amigas. Yo confiaba en ella.

—Sé que no tengo perdón. Que no podrás volver a confiar en mí...

—¿Confiar en ti? —exclamo—. ¿Cómo no diste la cara por mí? ¿Sabes por todo lo que he pasado por tu culpa?

—Lo siento mucho, Tesa, de verdad que lo siento. No hay día que pase que no me arrepienta de lo que hice.

—¿Y por qué no me lo contaste?

—Cuanto más tiempo pasaba, más difícil se hacía... Por eso me distancié de ti. Me sentía tan mal por lo que había hecho que no me atrevía a confesarte la verdad —admite.

La cabeza me da vueltas y solo puedo pensar en una cosa: Miguel.

—¿Sabes el daño que me has hecho, María? —digo conteniéndome.

—Lo sé, de verdad...

—¡¡Por tu culpa he perdido a Miguel!! —estallo.

—¿Quién es Miguel?

—Miguel, el chico con el que estaba saliendo, es el pasajero del *overbooking*, coincidimos en el vuelo hacia Boston y nos gustamos. Lo quería, ¿sabes? ¡Y él me quería a mí! —grito furibunda—. Vi la reclamación que escribió el día del altercado y me enfadé. Pensaba que él tenía la culpa de lo que me había pasado. Pero ya sé que él no fue el culpable —siseo—: fuiste tú.

Me mira apenada.

—Tesa, yo...

—¿Tú qué? ¿Que lo sientes? —bufo.

—Sí.

—Más lo siento yo —dicho esto, corto la conexión y apago el ordenador. Me recuesto en la cama y, en la soledad de mi cuarto, me derrumbo.

CAPÍTULO 15

Ahora es tarde

El domingo amanece tan gris como mi estado de ánimo. Las nubes cubren el cielo, el mar está embravecido y las temperaturas han bajado tanto que, incluso con la calefacción encendida, apenas siento los pies. Vago por la casa como un alma en pena, sin rumbo fijo, del sofá a la cama y de la cama al sofá. Sorprendentemente, ni siquiera tengo ganas de comer.

Además, estoy sola porque Simone ha ido a pasar el día con la familia de Eddie. Hoy es su presentación oficial. Esta mañana ha salido de casa hecho un manojo de nervios y le he deseado suerte, pero sé que no la necesita, van a adorarlo, igual que yo.

Eddie, que definitivamente ha salido de mi lista negra, ha tenido la deferencia de invitarme a mí también, pero lo cierto es que no me apetecía. Tengo tanto en que pensar que necesitaba un poco de tranquilidad para reflexionar sobre lo acontecido en estos últimos meses.

Intento poner en orden mis pensamientos, pero no sé por dónde empezar. ¡Hay tantas piezas por encajar! Miguel y el *overbooking* en el vuelo a Madrid, el despido, el viaje a Boston y el trabajo en la librería, Simone y mi traslado a su piso, el reencuentro con Miguel y nuestra incipiente relación, la ruptura al descubrir la reclamación, la cita con Roberto, los cuernos de Pablo a María y la revelación de que ella es la culpable de esta serie de catastróficas desdichas.

Exacto. María es el desencadenante de todo. Si ella nunca hubiera desfacturado a Miguel, nada de esto habría pasado. Y si, al menos, hubiera confesado la verdad, también se podría haber evitado. Si no hubiera cometido esa infracción...

Si no hubiera cometido esa infracción, no viviría en Estados Unidos, algo que siempre soñé, no habría hecho buenos amigos y no habría *estado* con Miguel.

De todo lo que ha pasado en estos meses, hay una cosa que lamento por encima de todas, y de la que no sé si me recuperaré. No sé si voy a superar el haber perdido a Miguel. Lo demás es absolutamente secundario. Pero perderlo a *él*... Lo echo tanto de menos:

sus besos, sus caricias, sus bromas... ¡Todo! Y, lo peor, es que siento que es culpa mía. No quise escucharle. Ignoré sus explicaciones y no quise ponerme en su lugar. ¡Si ni siquiera sé qué era eso tan importante que tenía que hacer aquel día en Madrid! Y ahora es tarde, demasiado tarde.

Ahora está con otra.

Me recuesto en el sofá y enciendo la tele; están echando los nuevos capítulos de *Big Bang Theory*, pero ni Sheldon hablando en Klingon consigue arrancarme una sonrisa. Empiezo a hacer *zapping* y me detengo al encontrarme con la repetición del último capítulo de *Sexo en Nueva York*. Lo he visto miles de veces, pero no deja de emocionarme: Carrie está en París con su ruso y, Mr. Big, a pesar de todo lo que ha hecho a lo largo de los años y de que ella está con otro, va a buscarla.

Porque ella es la única.

Entonces, algo se enciende en mi interior y, de pronto, tengo clarísimo lo que he de hacer.

Me visto en un abrir y cerrar de ojos y, casi sin pensar, salgo corriendo de casa. Bajo los escalones del portal de dos en dos. En la calle hace frío pero yo no lo noto. El corazón me late con fuerza al pensar que estas últimas semanas pueden quedar atrás. Que no hayan sido nada más que un mal sueño.

Acelero el paso y me dirijo al metro. «No hay tiempo que perder», me digo ilusionada.

***

Toda mi energía y positividad desaparecen en cuanto llego a su portal. Me detengo en la puerta y, por un segundo, el miedo me paraliza, pero esta vez no me voy a acobardar. Por una vez en la vida voy a pelear por algo que quiero.

Empujo la puerta y avanzo con paso firme hacia el interior. Veo que Gary, el adorable abuelito que trabaja como portero, me hace señas, pero ahora no puedo pararme a hablar. Lo saludo con la mano y me meto en el ascensor.

Llamo al timbre sin pensar. Al cabo de unos minutos y, al ver que no contesta, llamo de nuevo. Nada. Pego la oreja a la puerta para ver si escucho algo. Puede que esté en el baño y no lo haya oído. Llamo una vez más. Pasados unos minutos me doy cuenta de que no hay nadie, pero eso no impide que, desesperada, me ponga a llamar como una loca una y otra vez al timbre.

No sirve de nada. Está claro que no hay nadie. Me derrumbo y me siento sobre el frío suelo de mármol. Esperaré lo que haga falta.

Quince minutos más tarde no lo soporto y decido llamarlo. No llega a dar ni un tono y me salta el contestador. ¡Ah, no!, no es un contestador... no entiendo muy bien el mensaje en inglés, pero me da la sensación de que dice que el número al que llamo no está operativo. No lo entiendo.

Entonces me doy cuenta de que el ascensor está subiendo. Rápidamente me pongo de pie y me recoloco el pelo. El ascensor se detiene. De repente me noto la boca seca. No sé qué voy a decirle cuando lo tenga frente a mí. Cuando se abren las puertas, observo boquiabierta a la persona que hay en su interior y que no es Miguel.

—¿Gary?

—Buenas tardes, señorita —dice amablemente—. Como veía que no bajaba me he decidido a venir a buscarla.

—Ya... bueno... solo estoy esperando a... —señalo la puerta de Miguel con la mano.

—Lo sé. Por eso mismo.

—¡Por Dios! Me conoce de sobra. Me ha visto venir a su casa en varias ocasiones, ¿qué hay de malo en que le espere aquí?

Me mira apenado.

—No hay nada de malo.

—¿Entonces? ¿Cuál es el problema? —exclamo exasperada. No entiendo nada.

—Verá... el señor Rodríguez se ha marchado.

—Ya. Eso ya lo veo. Por eso lo estoy esperando. ¿Sabe cuándo volverá? Pienso esperarlo lo que haga falta.

Ahora no voy a echarme atrás. No me importa

cuántas horas tenga que pasar en este maldito rellano.

Gary juguetea con los dedos, nervioso.

—Eso es lo que subía a decirle... no creo que vuelva hoy.

¿De qué habla?

—Se ha marchado. A España. Hace dos horas que se fue al aeropuerto.

Estoy a punto de desplomarme en el suelo cuando lo escucho decir eso. Pero Gary, a pesar de su avanzada edad, se las arregla para sostenerme. No decimos nada. Gary me acaricia suavemente la espalda, tratando de reconfortarme, pero es inútil. Me acompaña hasta el ascensor y bajamos en silencio. Una vez que llegamos al portal me despido de él con un beso en la mejilla y, aguantando las lágrimas, salgo a la calle.

Miro al cielo y veo que está empezando a nevar. Observo extasiada cómo caen los primeros copos. La primera nevada del año.

¿Y si fuera a buscarlo al aeropuerto? No, es inútil, cuando llegue su vuelo ya habrá salido. Y si la nieve sigue cayendo, el tráfico colapsará las carreteras. Esta vez, sí que he llegado tarde de verdad.

Tengo un nudo en la garganta, pero me niego a llorar. Cierro los ojos y me abandono al frío que me envuelve. Cojo aire y lo suelto lentamente, tratando de relajarme para pensar con claridad. No puedo darme por vencida, tiene que haber alguna manera... Pero no, no la hay. Salvo que... ¡claro! ¿Cómo no se me había ocurrido? Sonrío al pensar que vuelvo a tener algo a lo que aferrarme.

Abro el bolso y saco el móvil. Esta llamada internacional va a costarme una fortuna, pero, si obtengo lo que quiero, habrá valido la pena.

—¿Diga?

—María, no hay tiempo que perder, necesito que me hagas un favor.

—¡Tesa! ¡Creí que no querrías volver a saber nada de mí! —chilla alborozada—. Oh, no sabes lo mal que...

—María —la interrumpo—, esto es en serio, no hay tiempo.

—Pero...

—Calla y escucha. Necesito que me hagas un favor —replico solemnemente

—¡Lo que sea, Tesa! Sabes que haría cualquier cosa y aún más después de lo que te hice... —se lamenta.

—Pues tienes que volver a hacerlo.

—¿Volver a hacer el qué?

—Volver a desfacturar a Miguel —digo impaciente—, pero esta vez, evidentemente, lo harás con tu código.

—¿Qué?

—¡Lo que has oído! La única compañía con vuelos directos es la nuestra, así que mira a ver cuál es el próximo de Boston a Madrid y hazlo —digo tajante—. Espero que estés en el aeropuerto trabajando, porque si no vas a tener que conseguir a alguien que esté allí para que lo haga por ti, ¡y rápido!

—No lo entiendo, Tesa. ¿Para qué?

—He ido a buscar a Miguel a su casa para intentar arreglar las cosas. Ya no estaba. Me ha dicho el portero que se ha marchado. Está en el aeropuerto. Se vuelve a Valencia —suelto de carrerilla casi sin respirar—. Voy a buscarlo pero no sé si llegaré a tiempo, así que necesito que te asegures de que no sube a ese avión, ¿entiendes?

No responde.

—Es mi última oportunidad. Ha dado de baja su móvil. No tengo manera de contactar con él. Si vuelve a Valencia quizá no vuelva a verlo.

—Pero... ¿y si el vuelo no tiene *overbooking*? ¿Y si con desfacturarlo no es suficiente? ¿Cómo voy a retenerlo en tierra?

—¡Joder, María no lo sé! —grito histérica—. Por Dios, dime que estás en el aeropuerto y que vas a intentarlo al menos...

—Sí, por suerte estoy aquí. Estoy en la ventanilla de venta de billetes y no hay nadie comprando ahora mismo, así que al menos podré hacerlo con tranquilidad y sin que nadie me vea.

—¡¡Pues venga!! ¿A qué esperas?

—Ya voy, ya voy...

Paro un taxi que pasa por la calle.

—Al aeropuerto Logan, por favor —le digo educadamente al conductor:

—¿A qué terminal, señorita? —pregunta amablemente mientras arranca.

—María, ¿cuál es la terminal de los vuelos de Air Espania en Boston? —Me giro hacia el taxista—: Un segundo y le digo.

—Espera que lo mire —la escucho teclear—, ah, sí, ¡la B!

—A la terminal B, por favor...

El conductor acelera. Por favor, por favor, por favor, tengo que llegar a tiempo. No puede ser demasiado tarde.

—Tesa...

—¿Sí? —digo esperanzada.

—¡¡Tiene *overbooking!!* —Gracias, gracias, gracias—. Hay una lista de espera que te mueres.

—¿De verdad?

—Ajá. —Casi puedo imaginármela sonriendo.

—¿Sabes que te la estás jugando? Si pone otra reclamación podrían despedirte a ti esta vez.

—Sí, pero te mereces que me la juegue por ti. Siento mucho todo lo que ha pasado.

—Lo sé.

—Pablo no merecía lo que hice por él, pero tú sí lo mereces. ¿Me perdonas?

—Ya hemos llegado. Son treinta dólares —me comunica el conductor mientras para junto a la entrada de la terminal.

—Te perdono —digo mientras saco el dinero del bolso y pago apresuradamente—, de corazón.

Suspira aliviada.

—Ahora tengo que dejarte, ¡tengo una misión que cumplir!

—Asegúrate de que esta vez no pone ninguna reclamación. ¡Tengo que pagar el alquiler! —la escucho decir antes de colgar y no puedo evitar sonreír al pensar que quizá haya recuperado a mi amiga.

CAPÍTULO 16

Como en las películas

Mi sonrisa se esfuma tan pronto entro en la terminal y la encuentro abarrotada. Con la Navidad tan cerca los vuelos van llenos. Mucha gente regresa a su país natal a pasar las fiestas con la familia, pero también hay mucho turismo. Hay demasiada gente, y hace calor. La calefacción está muy fuerte y me reseca los ojos. Me los froto, pero lo único que consigo es empeorar la situación y que una lentilla se me mueva del sitio y me moleste.

Empiezo a pensar que toda esta historia de venir a buscarlo ha sido una soberana estupidez. ¿Creía que nada más entrar al aeropuerto lo encontraría y se arrojaría en mis brazos? ¡Qué ingenua soy! Ni siquiera en todas las comedias románticas lo consiguen.

No sé por dónde empezar. Supongo que lo mejor

será que me acerque a los mostradores de facturación de Air Espania. Al llegar allí veo que ya no están abiertos. Una chica está cerrando el mostrador de clase *business* y cuando me ve aproximarme me indica que no los abrirán hasta dentro de un par de horas para facturar el siguiente vuelo a Madrid.

Me gustaría preguntarle por Miguel. Si ha subido al avión finalmente o si lo han cambiado para el próximo vuelo aunque sé que, le diga lo que le diga, no puede decirme nada. Ley de Protección de Datos. Contra eso no puedo luchar. Podría llamar a María y que me lo dijera... Entonces caigo en la cuenta.

Me doy un golpe en la frente al percatarme.

—¡Seré imbécil!

Toda esta historia de desfacturarlo para que no subiera al avión y yo lo encontrase... ¿cómo no he caído en un pequeño e insignificante detalle que hace que aunque esté en lista de espera no lo vaya a encontrar? Yo estoy en la zona de facturación y él, le hayan dado plaza para este vuelo o para el próximo, estará en la zona de embarque.

¡Y yo no puedo entrar!

Noto que me empiezan a sudar las manos. Acabo de poner en peligro el trabajo de María. ¡Le he pedido que cometa una infracción grave y no va a servirme de nada! Sé que ella lo ha hecho sin dudar, que lo volvería a hacer si se lo pidiese. Sabe que hizo mal y haría cualquier cosa por arreglarlo. Pero no voy a encontrarlo. Y aunque lo he pasado muy mal por culpa de lo que hizo, no quiero que ella pase por lo mismo.

¿Qué puedo hacer? Sé que está dentro, pero no quiero darme por vencida, así que recorro la terminal de arriba abajo una y otra vez hasta que, agotada, me siento y me echo a llorar. Al menos, las lágrimas conseguirán hidratar mis resecos ojos.

«Piensa, Tesa, piensa», me repito una y otra vez. *Tiene* que haber alguna manera. Si él está dentro y yo estoy fuera... ¡Eso es!

Vale, la única manera de que pueda entrar a buscarlo es que compre un billete. Pienso en mi cuenta bancaria. He ahorrado algo estos meses, pensaba gastarlo en mi billete de vuelta a casa y en los regalos navideños, pero no podrá ser. Un billete de última hora puede ser caro. Da igual, compraré el billete más barato que tengan, sin importar el destino y listo. Total, no voy a gastarlo, el destino no importa, yo solo lo voy a utilizar para llegar hasta la zona de embarque.

Al llegar al mostrador veo que no hay mucha cola. Tan solo un matrimonio mayor delante de mí. Espero que no tarden mucho. Pero parece que la ley de Murphy se cumple a rajatabla conmigo. Diez minutos después estoy desesperada porque no tienen pinta de ir a acabar pronto. Gruño impaciente y doy unos golpecitos en el suelo. Que se note que hay alguien esperando. Que se den un poco de prisa, que no tengo todo el día. No se dan por aludidos. Comparan precios y horarios de mil y un billetes y no se deciden. La compañera del mostrador también se lo toma con calma y los atiende pacientemente.

—Disculpen, ¿van a tardar mucho? —exclamo en mal tono quince minutos más tarde. Estoy desesperada.

Los señores ni se inmutan y siguen a lo suyo. ¿Es que no se dan cuenta de que hay gente esperando?

—Y usted —espeto malhumorada dirigiéndome, esta vez, a la chica del mostrador—, ¿no puede darse un poco de prisa? —Sé que yo, menos que nadie, debería hablarle así a una empleada de una línea aérea, pero ya no lo soporto más—. ¿Es que no ve la cola que se está haciendo?

Al decir esto, me giro para mostrarle la cola que hay a mis espaldas, y lo veo. Unas Panama Jack, vaqueros azul claro y un grueso jersey azul marino de Abercrombie. Va cargado con el chaquetón, una maleta grande de Samsonite y una bolsa de deporte al hombro. No puedo evitar percatarme de que la maleta lleva la etiqueta del equipaje facturado.

—¿No crees que deberías ser un poco más amable? —dice con voz seria—. Esa chica solo está tratando de hacer su trabajo.

—Yo... Es que... —las palabras no me salen de la boca—. Era urgente... Tenía prisa...

Se acerca a mí.

—Ah, pero ese no es motivo para ser maleducado.

Abro la boca pero la vuelvo a cerrar. Me coge del brazo y me saca de la cola. Simplemente el hecho de sentir su mano tocándome, tenerlo tan cerca... Me estremezco.

—De todas formas —me susurra al oído—, si no estás contenta con el trato que te están dando siempre puedes poner una reclamación, ¿sabes? —No sonríe, pero puedo ver el brillo de sus ojos. No está enfadado.

Sin soltarme ni un segundo, me lleva hacia un pequeño Dunkin Donuts que hay en medio del pasillo. Lo observo en silencio: no puedo creer que esté aquí. Conmigo. Pide un par de cafés con leche y nos sentamos en una mesa. Cojo mi taza, le pongo dos sobres de azúcar y, a pesar del calor asfixiante que hace en el aeropuerto, la rodeo con las manos. Querría decir algo, pero no me siento capaz. ¿Por qué está aquí fuera y no en la zona de embarque esperando al próximo vuelo?

—¿Ibas a comprar el billete para volver a casa en Navidades?

—No... —me sonrojo al pensar en lo que iba a hacer.

—¿No? —pregunta extrañado—. ¿Y *qué* ibas a hacer entonces?

Me gusta verlo así, con ese aspecto desenfadado y ese tono bromista. Pensaba que estaría molesto, disgustado por el *overbooking*. Me armo de valor para soltar todo lo que he venido a decirle.

—Iba a comprar un billete... uno cualquiera.

Enarca las cejas.

—Iba a comprar un billete para poder entrar en la zona de embarque —cojo aire—, y buscarte.

Me mira expectante, como esperando que siga, así que no me detengo.

—Cometí un error. Nunca debí marcharme de tu casa así, sin escucharte siquiera. No me he dado cuenta hasta hoy, pero cuando he ido a buscarte... —noto que, una vez más, tengo los ojos llorosos, así que agacho la cabeza—, cuando he ido a buscarte... —una lágrima me cae por la mejilla—, ya no estabas. Te habías marchado. ¿Pensabas marcharte sin despedirte?

Miguel se acerca a mí para abrazarme, pero me aparto instintivamente.

—No creí que quisieras despedirte —responde molesto por mi cambio de actitud.

Vale, ya he vuelto a fastidiarlo todo. Se suponía que había venido a recuperarlo.

—Lo siento. He sido una estúpida... Yo...

—Vamos, no llores —esta vez no me aparto cuando me abraza, necesito volver a sentir sus brazos rodeándome. Aunque sea por última vez—. Yo también tengo parte de culpa.

—Entonces, ¿vas a marcharte? —inquiero mientras me seco las lágrimas de las mejillas—. ¿Has dejado tu trabajo en Boston? ¿Te vuelves a Valencia?

Miguel se separa un poco de mí y me levanta la barbilla con la mano, obligándome a mirarlo a los ojos.

—¿Tú quieres que me marche?

Niego con la cabeza y él sonríe aliviado.

—En realidad, aún no lo había decidido —explica—. Pero como últimamente me he sentido algo solo —no lo parecía el día que lo vi con *esa*—, había decidido adelantarme a las vacaciones navideñas y volver a casa unos días antes. Para pensar.

Doy un pequeño sorbo al café. Su calor y el sabor dulce me reconfortan al instante.

—Nos hemos encontrado de milagro. De hecho, mi vuelo ya habrá despegado. No lo creerás, pero —suelta una carcajada—, ¡estaba otra vez en *overbooking*! ¿Qué te parece?

—¿En serio? ¿Otra vez? —respondo haciéndome la sorprendida. Dios, miento fatal, seguro que lo ha notado—. Pues sí que ha sido un milagro, sí.

Me mira confuso y entonces cae en la cuenta.

—¿Tú no habrás tenido nada que ver?

¿Yo? Por favor, ¿cómo puede insinuar eso?

—Tesa... —dice seductor.

—Vale, vale, ¡está bien! Ha sido cosa mía...

Sonríe, y parece muy satisfecho con la respuesta.

—Bueno, si quieres que te lo explique vas a tener

que pedir un par de donuts para acompañar los cafés, es una larga historia...

Se pone en pie y se acerca a la barra. Lo estudio con la mirada mientras pide los donuts y paga. No se parece en nada al hombre maleducado y repeinado que conocí en Manises; es atractivo, dulce y no puedo parar de mirarlo. ¿Cómo he podido pensar siquiera en dejarlo escapar? La rubia bohemia con la que lo vi paseando me viene a la mente y siento una repentina y dolorosa punzada de celos. Quedan muchas cosas por decirnos, y esa será una de ellas, pero antes le debo una explicación.

Miguel vuelve a la mesa con un par de donuts de chocolate. Mis favoritos. Antes de sentarse, me pasa la mano por el pelo y me da un casto beso en la frente. Luego me acaricia suavemente la mejilla y se sienta mientras yo cierro los ojos tratando de retener la sensación que me ha producido el contacto de su piel con la mía.

—Tesa, ¿te encuentras bien?

Abro los ojos y me doy cuenta de que lo que me han parecido unas milésimas de segundo han debido de ser, por lo menos, un par de minutos por la expresión de preocupación de Miguel.

Me recompongo y doy otro sorbito de café antes de dar un bocado al donut.

—Sí, sí, disculpa.

—Bueno, estoy esperando...

—Claro, claro. —Me trago el donut de golpe y trato de ordenar las ideas en mi mente antes de empezar a explicárselo todo—. Pues verás...

Miguel me escucha en silencio mientras le relato la historia. Me remonto al día en que vino al aeropuerto y le explico por qué dio *overbooking* y lo que hizo María. Escucha horrorizado cuando se da cuenta de que me despidieron por algo que yo no había hecho, pero también se percata de que él tenía razón, *estaba* facturado para ese vuelo y no le di la plaza. Me coge de la mano.

Sonríe cuando le cuento que lo vi con la rubia bohemia y estoy a punto de cabrearme y largarme, pero me aprieta la mano con fuerza, así que me resigno y sigo con la historia. Cuando llego al capítulo en el que aparece Roberto su sonrisa se esfuma y sus ojos se vuelven fríos e inexpresivos. Me está sujetando la mano con tanta fuerza que casi me hace daño, así que me suelto.

—¡Ay! —digo frotándomela.

—Mierda, Tesa, lo siento —se disculpa, pero me mira furioso—. Es que el simple hecho de imaginarte con otro...

¿Soy imbécil? Tendría que haberme saltado esa parte. Aunque por otro lado, he venido para arreglar las cosas con él y no quiero tener secretos.

—No debió haber pasado —lo miro arrepentida—, y no pasará nunca más.

—Venga, sigue —replica secamente.

Si él está molesto por lo de Roberto, yo también tengo motivos para estar enfadada, así que me guardo ese as en la manga para más tarde y sigo con la historia.

—Y no podía llamarte, ¡has dado de baja el número! —exclamo indignada—. Dices que solo habías adelantado tu vuelta por las vacaciones, pero si no fueras a irte de verdad no habrías dado de baja el número...

—Si hubieras cogido el teléfono alguna de las muchas veces que te he llamado —dice pacientemente—, o hubieras leído alguno de los mensajes que te envié te habrías enterado de que mi empresa iba a cambiar de operador. Han dado de baja los antiguos teléfonos —me muestra su recién estrenado iPhone 5—. ¡Te mandé mi nuevo número!

Lo miro perpleja.

—¿No leíste ningún mensaje de los que te envíe? —me pregunta.

Niego con la cabeza.

—Los borré...

Me mira como si no lo comprendiera.

—¿Por qué?

—¿Por qué? No lo sé. Porque estaba enfadada y dolida. Habíamos roto... —No sé qué decir.

—¿¿Qué habíamos qué?? —da un golpe a la mesa y las tazas de café se tambalean aunque, por suerte, no llegan a volcarse. Me percato de que su donut está intacto, ni lo ha tocado. Trago saliva y repito lo que acabo de decir. ¿Qué es lo que le extraña tanto?

—Tesa, no rompimos... —dice con mucha calma—. Tú te enfadaste y te largaste —en eso tiene razón—, pero yo nunca he renunciado a ti.

—¿Ah, no? —ahora la que está enfadada soy yo—. ¿Y cómo esperabas arreglar las cosas marchándote?

—Bueno, no es que en España vivamos muy lejos el uno del otro, ¿no? Puede que tú no tuvieras mi número pero yo *sí* tengo el tuyo. Creí que si te dejaba unos días en paz y trataba de verte en Valencia, una vez que hubieses estado con tu familia y con tus amigos... no sé, que estarías un poco más receptiva a hablar conmigo.

¿Se supone que he de tragarme esto? ¿Y qué hay de la rubia?

—Si estabas dándome un poco de tiempo —siseo—, ¿qué hacías con *esa*?

Sonríe y me vuelve a coger de la mano.

—Tesa, la «rubia bohemia», ¿es así como la has llamado? —Asiento—. La rubia bohemia es mi hermana.

¿¿Hermana?? Nunca la ha mencionado. Estoy segura. Ni siquiera cuando me habló de sus padres en el vuelo de ida a Boston.

—No sabía que tuvieras una —murmuro.

—Yo también tengo algunas cosas que contarte. Si

lo hubiera hecho antes probablemente nos habríamos ahorrado muchos problemas —Se pone en pie—. ¿Por qué no vamos a casa? Hablaremos mucho más tranquilamente.

—Ni hablar —respondo tajante—. Nos quedamos aquí. Así, si cuando terminemos de hablar sigues queriendo marcharte, quizá llegues a coger el siguiente vuelo.

—Mira que eres terca, ¿es que no ves que no me voy a ir a ningún sitio sin ti?

Se vuelve a sentar y se bebe el café, ya frío, de un trago.

—Julia, mi hermana pequeña, estudió Publicidad y, al terminar la carrera, se fue a vivir a Madrid. Como podrás imaginar allí hay muchas más posibilidades en ese mundillo. Este verano le detectaron un bulto en el pecho. No sabían si era benigno o no y Julia estaba muy asustada. Mi padre había sufrido un infarto un par de meses antes así que no estaba en condiciones de moverse de casa. Y mi madre quería estar con ella, pero le daba miedo dejar a mi padre solo, así que le dije que no se preocupase, que yo acompañaría a Julia a las pruebas médicas.

Lo escucho en silencio.

—La idea era ir la noche de antes para poder estar con ella y tranquilizarla, pero me surgió una reunión muy importante y decidí comprar un billete de avión para la mañana siguiente. Estaba muy preocupado, pero pensé que saliendo a primera hora sería suficiente. ¡Qué idiota fui!

Cierra los ojos al recordarlo y aprieta los puños con rabia. Me percato de que los nudillos se le ponen blancos.

—Al fin y al cabo, ya tenía mi plaza en el vuelo, no se me ocurrió pensar que pudiese surgir cualquier imprevisto. Es cierto que estaba facturado y no debí quedar en lista de espera, pero el vuelo podría haberse retrasado o podría haber pillado un atasco desde Barajas al hospital e impedirme llegar a tiempo. La culpa fue mía. ¡Joder, ella debió haber sido lo primero y no la maldita reunión! Por eso me comporté así. Estaba preocupado. Asustado. Y me sentía culpable. Mucho. —Suspira—. Siento lo que puse en la reclamación, pero estaba desquiciado.

No me extraña que se comportara como lo hizo. Para él, lo más importante es su familia y, por culpa del trabajo, los dejó en un segundo plano. Se sentía culpable. Es normal que se enfadase tanto.

—Miguel, soy yo la que lo siente. —Aunque he visto a su hermana y me pareció que tenía buen aspecto me asusto al pensar que pueda estar enferma—. ¿Ella está bien? ¿Tenía...? —No me atrevo ni a pronunciar esa palabra.

—No, no era cáncer, pero lo pasó mal en las pruebas médicas y yo no estuve allí para acompañarla —se lamenta.

Respiro aliviada al saber que, aunque fue un duro trago, todo quedó en un susto. Me siento fatal. Soy una celosa compulsiva.

—¿Y tu padre? ¿Está recuperado?

—Sí, está mucho mejor. Ha dejado de fumar y ahora tiene que cuidar la alimentación, pero mi madre se ocupa de eso. ¡Es un sargento! —dice con sonrisa nostálgica—. Yo no quería venir a Boston, tenía miedo de que pasara algo en mi ausencia, pero sé que hicieron un gran esfuerzo económico para darme una buena educación y no quería decepcionarlos. Además, en España no tendría un salario como el que me pagan aquí y no quiero que les falte de nada.

Acerco mi silla un poco más a la suya y le paso los brazos por el cuello. Sus ojos se iluminan cuando me mira.

—Entonces, ¿me has desfacturado del vuelo a propósito? ¿Para verme? ¿Para arreglar las cosas? —pregunta esperanzado.

Asiento con la cabeza, emocionada.

—Bueno, pues será mejor que vaya a cambiar mi billete por uno para la semana que viene, ¿no crees? Espero que no haya ningún incidente esta vez.

—Prometo ser buena y no desfacturarte —digo entre risas—. Por cierto, ¿no habrás puesto ninguna reclamación, ¿verdad? María se la ha jugado por mí...

—¿Tú que crees? Estoy curado de espanto. ¡No volveré a reclamar en mi vida!

Todo parece tan sencillo ahora cuando hace unos días, hace unas horas me sentía tan mal. Como si nada tuviera solución. Lo miro embobada mientras nos acercamos a la ventanilla.

—Procura comportarte —me indica, como si fuera una niña, y yo no puedo evitar soltar una carcajada.

—Buenas tardes, señorita —dice con su más flamante sonrisa—, querría comprar dos billetes para Valencia, para el día 22 de diciembre.

No escucho la respuesta, pero sí lo oigo a él decir:

—En clase *business*, por favor.

¿Dos billetes? ¿No iba a cambiar su billete?

—Sí, un segundo —rebusca en su bolsillo y saca el pasaporte—. Tesa, ¿llevas el tuyo contigo?

Pues sí, lo llevo, pero, ¿para qué?

—Sí —lo saco del bolso—. Ten, ¿para qué lo...?

Se gira y me pellizca la nariz.

—Con lo lista que eres para algunas cosas... ¡Para emitir tu billete! —Lo miro sorprendida—. ¿Crees que voy a dejarte volver a Valencia sola? No pienso correr el riesgo y permitir que se te acerque ningún piloto más. Te quiero solo para mí.

Casi no puedo creer lo que escucho, pero me espero a que pague antes decir nada.

—¿Vamos a volver en *business*?

—Por supuesto. Como el día que nos conocimos.

Ese no fue el día que nos conocimos, pero entiendo a qué se refiere.

—Y esta vez te cogeré la mano cuando despeguemos.

Lo miro atónita. ¿Cómo sabe que paso miedo en el despegue y en el aterrizaje? Me conoce más de lo que yo creía.

—Recuerdo que te agarraste con fuerza al asiento cuando el vuelo aterrizaba, ¿creíste que no lo notaría?

No sé qué decir.

—Si no podía quitarte los ojos de encima, igual que hoy.

Me miro de arriba abajo. ¡Estoy horrible! Tenía tanta prisa por ir a buscarlo que me he puesto lo primero que he pillado por casa: unos vaqueros, zapatillas de deporte y un grueso suéter verde. Lo único bonito es mi plumífero beige. Llevo el pelo recogido en una cola de caballo y no me he maquillado. Ni siquiera me he puesto un poco de antiojeras. Y mira que hoy lo necesitaba...

Como siempre, Miguel parece leer mis pensamientos.

—Estás preciosa.

Salimos a la calle para coger un taxi.

—¿Podemos ir ya a mi casa? ¿O hay algo más que tengas que decirme?

—Hay una cosa más que aún no te había dicho... —respondo tímidamente.

Estamos plantados en medio de la acera, con gente yendo y viniendo que de vez en cuando nos empuja sin querer, con el traqueteo de las maletas y el ruido del tráfico de fondo, pero no soy consciente de nada. Solo veo a Miguel. Me abrazo a él con fuerza y lo miro a los ojos.

—Te quiero —susurro.

Él me sujeta con firmeza y me atrae hacia él todavía más. Acerca su boca a la mía y sus labios rozan brevemente los míos en un beso fugaz. Yo me aprieto contra él, le acaricio la espalda con las manos y dejo que mi boca se encuentre con la suya. Esta vez soy yo la que lo besa. Es un beso cálido y apasionado. Cierro los ojos y me dejo llevar.

Cuando conseguimos separarnos, apoyo la cabeza contra su pecho mientras me acaricia el cabello. Y entonces, por segunda vez, lo dice. En esta ocasión su voz es alta y clara. Para que no haya un resquicio de duda.

—Te quiero, Tesa. Te quiero más que a nada en esta vida.

EPÍLOGO

Miguel y yo paseamos tranquilamente cogidos de la mano por la calle Newbury sin rumbo fijo. O, al menos, eso creo yo.

El tiempo todavía es cálido y la ciudad resplandece bajo el cielo azul. Hace ya un año que vine a vivir a Boston y no puedo creer todo lo que ha pasado desde entonces. Ya no soy la misma que era. ¡Han sucedido tantas cosas!

Mientras curioseo los escaparates de las tiendas repaso mentalmente los acontecimientos de los últimos meses, como las Navidades en Valencia tras mis primeros tres meses en Estados Unidos.

Cuando mis padres conocieron a Miguel, no podían creerse que fuera el pasajero del *overbooking*. Tras el *shock* inicial tuvieron que reconocer que los había cautivado.

También yo pude conocer a la familia de Miguel. Sus padres me trataron como si fuera una hija más y Julia, que vino de Madrid para pasar las fiestas con los suyos, es la hermana pequeña que nunca tuve. ¡Congeniamos al instante!

En cuanto a María, nos reconciliamos de verdad durante mi visita. Estaba hecha polvo por la ruptura con Pablo y por el sentimiento de culpa con el que había cargado durante tantos meses. Le sugerí que cambiara de aires y ¡vaya si lo hizo!

Siguiendo mi consejo se presentó a una entrevista de trabajo para Fly Emirates y la seleccionaron. Ahora es azafata de vuelo y vive en Dubai, aunque tengo que seguir sus pasos por el Facebook porque cada semana está en un país diferente —y con un chico diferente—.

Su nueva vida y la diferencia horaria nos dejan aún menos tiempo para hablar, pero estamos mucho más unidas que antes y nos escribimos largos e-mails todas las semanas.

Tampoco puedo olvidarme de la emotiva boda de Simone y Eddie. ¡Quién lo hubiera dicho! Desde luego, yo no. Pero he de admitir que me alegré mucho por ellos.

Se casaron a principios de junio en la biblioteca pública de Boston en un pequeño homenaje a su pasión por la literatura y, como no, a Carrie Bradshaw. Aunque en el caso de Simo, el novio sí se presentó.

Después de su luna de miel en St. Martin se fueron a vivir a casa de Eddie y, desde entonces, yo vivo sola. Es cierto que paso mucho tiempo en casa de Miguel, sobre todo los fines de semana, pero aun no hemos dado el paso de ir a vivir juntos. Simo me presiona para que le diga algo, pero no quiero agobiarlo.

Tengo miedo de que piense que vamos muy rápido.

Ensimismada como estoy con mis pensamientos no me doy cuenta de que nos detenemos delante de una casa de tres plantas que parece un poco abandonada. Aun así, tiene su encanto, con las paredes de ladrillo y unos amplios ventanales blancos.

—¿Pasa algo? —pregunto extrañada por el hecho de que nos hayamos detenido delante de una finca en la que no tengo ningún escaparate que ver.

Miguel me mira nervioso.

—¿Así que crees que no hay nada que ver?

—Pues no sé. No hay ninguna tienda, ningún restaurante... ¿Qué quieres que mire?

Señala con el dedo el cartel que hay delante de la puerta: «Vendida».

Me llevo las manos a la boca y lo miro incrédula al percatarme de a qué se refiere.

—¿La has...? ¿La has comprado? —consigo decir.

Asiente con la cabeza.

—Pero, ¿por qué? —No lo entiendo. Tiene un

apartamento increíble y aunque la casa tiene muchas posibilidades es demasiado grande para una sola persona. A menos que...

Miguel sonríe. Como siempre, sabe exactamente todo lo que pasa por mi cabeza.

—Porque quiero que vivamos juntos —responde mientras se saca unas llaves del bolsillo y se acerca a abrir la puerta principal.

Contengo la respiración.

—¿En serio?

—Estoy muy solo por las noches... —replica pícaro.

No sé qué decir. No puedo creerlo. Sigo a Miguel por la casa y recorremos todas las estancias. Es verdad que necesitará alguna reforma, pero es preciosa. Y no puede tener mejor ubicación. ¡En Newbury!

Aunque es muy grande. Si tenemos en cuenta la planta baja, no sé qué haremos con tantos metros...

—¡Podré ir a trabajar andando! —exclamo emocionada.

—En realidad, no creo que tengas que salir de casa...

—¿Cómo no voy a salir de casa para ir hasta el Prudential? —pregunto extrañada mientras analizo la cara de Miguel.

—Porque ya no tendrás que ir a Barnes & Noble. Trabajarás aquí.

Ahora sí que no entiendo nada.

—¿Ah, sí? Y qué supones que voy a hacer, ¿ser ama de casa? —bufo molesta.

Si cree que porque vaya a vivir con él voy a dejar de trabajar lo lleva claro.

—Mira que eres susceptible —se acerca a mí y me abraza—. Yo había pensado en un trabajo más tipo Meg Ryan en *Tienes un e-mail*.

Ahogo un chillido.

—Tendrás tu propia librería.

—Pero montar una librería cuesta mucho dinero y yo...

Yo no tengo un duro. Mi sueldo da para vivir, pero no para ahorrar.

—Es un regalo.

Levanto la mirada y se me escapa una lágrima de emoción.

—No es mi cumpleaños y aún falta mucho para Navidad.

Miguel se mete la mano en el bolsillo y saca una pequeña caja de Tiffany & Co.

¡Esto sí que no puede ser verdad! Lo observo boquiabierta a la espera de ver el contenido. Como sea lo que estoy pensando...

—En realidad, esperaba que fuera un regalo de boda.

Me siento incapaz de pronunciar una sola palabra mientras abre la caja que contiene un precioso anillo de oro blanco con un diamante en el centro.

—Tesa, ¿quieres casarte conmigo?

Asiento con la cabeza. Nerviosa. Tengo un nudo en la garganta y no me sale la voz.

—¿He de entender que eso es un sí, cariño? —murmura mientras acerca sus labios a los míos para besarme.

Lo abrazo con fuerza y, antes de perderme en sus besos, soy capaz de pronunciar esas dos palabras que tanto desea escuchar.

www.ingramcontent.com/pod-product-compliance
Lightning Source LLC
Chambersburg PA
CBHW011927300726
48970CB00008B/2601